Beckenrand

Constantin Klemm

Beckenrand

Herausgegeben
von
Alexander Broicher

Alexander Broicher Creative Development

Dittrich

Lektorat: Markus Lorenz
Satz: Gaja Busch
Umschlaggestaltung: Guido Klütsch
Printed in Germany

ISBN 978-3-943941-94-4

Inhalt

I.

Die Gespräche mit Max sind zäh geworden. Wahrscheinlich ist das normal nach zehn Tagen. Man hängt stark aufeinander rum, in so einem Urlaub zu zweit. Aber Max hat bestimmte Eigenschaften, die mir jetzt hier besonders auffallen. Negativ auffallen. Er kann zum Beispiel schlecht Auto fahren. Wenn er Gas gibt, dann nicht in einer flüssigen Bewegung, sondern in kleinen Schüben, wie ein Fünfzehnjähriger, der auf einem Roller an der Ampel Standgas gibt. Und er fährt auch nicht besonders sicher. Wenn wir hier die Berge rauf- und runterfahren, denke ich immer: ›Gut, dass die EU die ganzen Leitplanken finanziert hat.‹ Ob sie das wirklich hat, weiß ich nicht, aber mein Vater meinte das, als wir schon einmal hier waren und meinen Onkel im Auto hatten und die Gespräche auch ein bisschen zäh waren, weil mein Vater und mein Onkel sich nicht abkönnen.

Wir sind jetzt auch fertig mit dem Essen. Ich stochere mit der Messerspitze noch ein bisschen in den Knochenresten von meinem T-Bone-Steak herum, auf der Suche nach Mark, aber da ist nichts, alles festgebrannt, und ich weiß das eigentlich auch. Max rückt den Stuhl vom Tisch weg, dreht sich leicht nach links und schlägt ein Bein über das andere. Ich rauche eigentlich nicht, habe mir aber beim Weggehen eine Packung rote Gauloises gekauft, weil ich damit Geld für Drinks spare. Ich zünde mir eine an, freue mich daran, wie sich der Rauch in meinem Mund mit den Fleischresten zwischen meinen Zähnen vermischt, und schaue Max an.

Zwei Wochen Marbella sind zu lang. Mein Onkel sagt, man kann eigentlich gar nicht mehr hinfahren. Nur noch Araber und Russen. Wir sind trotzdem hier, weil er und meine Tante hier vor zwanzig Jahren ein Haus gekauft haben. Und deshalb war klar: Wir konnten zwar auch nach St. Tropez oder Ibiza oder Sardinien fliegen. Der Flug wäre vielleicht sogar günstiger gewesen. Aber wir hätten dort niemanden gekannt, der ein Haus hat. Dann hätten wir das Geld, das wir jetzt hier zum Feiern ausgeben können, für ein Hotel gebraucht oder für eine Wohnung, und dann hätten wir uns diesen Urlaub nicht leisten können. Und selbst wenn doch, wäre es komisch gewesen, im letzten Loch von St. Tropez zu wohnen und dann aber jeden Tag in die geilsten Clubs zu gehen, meinte Max. Ich meinte, dass das natürlich stimmt, aber dass das wahrscheinlich mehr Leute so machen, als man denkt. Und dass wir ja nur zum Schlafen im Hotel wären, und dass es egal wäre, ob das dann gut sei oder nicht. Aber Max hat sich am Ende durchgesetzt.

Max' Blick bleibt bei einem Tisch einige Meter von uns entfernt hängen. Er zuckt nur ganz kurz und zwingt sich dann, betont lässig weiter herumzuschauen. Aber ich merke, dass er, als er den Kopf wieder zurück in meine Richtung wendet, auch wieder an dem Tisch verharrt. Ich blase Rauch in seine Richtung und ziehe fragend die

Augenbrauen hoch. Er sagt, er glaubt, da sitzt einer aus seiner Uni. Er schiebt den Stuhl noch ein bisschen weiter zurück, um in die Richtung gucken zu können, ohne sich den Hals zu verrenken.

Max studiert schon. Aber er findet es »a complete waste of time and money«. Er studiert International Business Administration mit Schwerpunkt Entrepreneurship in Twente in Holland. Mein Onkel hat mit den Augen gerollt, weil er immer sagt: »Unternehmer sein kann man nicht studieren.« Dann hat ihm meine Tante einen bösen Blick zugeworfen, weil sie nicht wollte, dass er gleich am ersten Abend Max einen seiner ›Wie-geht-Wirtschaft‹- und ›Wie-funktioniert-die-Welt‹-Vorträge hält. Allerdings kam Max ihm zuvor, indem er selbst meinte, dass das Studium komplett lächerlich und eben »a complete waste of time and money« sei. Das fand mein Onkel zwar auch wieder nicht gut, weil er findet, man soll Deutsch sprechen, aber inhaltlich lag es auf seiner Linie, weswegen er nichts dazu sagte.

Max schaut auf sein Handy. Wahrscheinlich sucht er den Typ aus seiner Uni bei Facebook. Ich greife unter den Tisch in unseren gemeinsamen Strandbeutel und kriege nach kurzem Herumtasten unsere 1,5-Liter-PET-Flasche Evian zu fassen. Die Preise hier im Nubia Beach sind schon extrem, und wenn wir jetzt auch noch das Wasser hier normal bestellen würden, würden wir wahrscheinlich fünfzig Euro am Tag nur für Wasser zahlen. Insgesamt kriegen wir es finanziell hin, aber es geht schon an die Grenze. 50 Euro pro Abend, wenn wir weggehen, und 50 Euro grob für einen Tag im Nubia. Umsonst ist es natürlich, wenn wir bei meinem Onkel und meiner Tante am Pool liegen oder hier einfach auf Handtüchern am Strand. Aber dann passiert auch nichts. Unser Mietwagen, ein kleiner gelber VW Up, hat 120 Euro gekostet, aber den haben wir mit den Flügen zusammen schon im April gebucht, und deshalb kann man den aus der Rechnung rausnehmen, auch wenn man sich dann ein bisschen selbst betrügt. Sprit für den Mietwagen und natürlich hier und da mal was Kleines. Alles in allem werden uns die zwei Wochen einen Tausender kosten, und auch deshalb ist es Zeit, dass dieser Urlaub bald vorbei ist.

Bis Anfang der Woche waren auch noch Magdalena aus meiner Stufe und eine Freundin von ihr hier. Sie wohnten ein paar Kilometer weiter und auch in den Bergen, weil die Eltern der Freundin da ein Haus haben. Wir haben einen Abend was mit ihnen gemacht, was auch ganz okay war, aber nicht spektakulär. Und sie haben sich auch ziemlich bitten lassen. Wir haben drei- oder viermal versucht, uns mit ihnen zu verabreden, was irgendwie immer nicht geklappt hat, so dass ich schon keinen Bock mehr hatte, ihnen nochmal zu schreiben. Aber dann hat uns ein Typ von einem Club in Marbella zu einer Party eingeladen und meinte, wir müssten keinen Eintritt zahlen. Ich wollte zuerst nicht, aber Max hat mich überredet, Magdalena die Einladung weiterzuleiten. Da hat sie dann ziemlich schnell zurückgeschrieben und schließlich waren wir zu viert bei der Party. Es war dann auch echt ganz nett. Max hat sich von seiner besten Seite gezeigt, weil er die Freundin von Magdalena geil fand. Wenn er will, kann er sehr nett sein. Aber was wirklich Spannendes ist nicht passiert. Wir waren zwar nach der Party noch im Haus der Eltern von Magdalenas Freundin und Max hat dann absichtlich so viel getrunken, dass wir den Wagen stehen lassen und uns ein Taxi rufen mussten, damit er am nächsten Tag nochmal wiederkommen konnte. Aber am nächsten Tag hatte Magdalena die ganze Zeit ihr Handy aus. So mussten wir uns irgendwann entscheiden, ob wir einfach hinfahren und das Auto holen, auch auf die Gefahr hin, dass die beiden nicht da sind oder uns nicht aufmachen, oder ob wir noch weiter warten. Da hab ich mich dann durchgesetzt und wir fuhren so gegen sechs mit meinem Onkel hin, um den Up zu holen. Wir dachten, sechs wäre eine gute Zeit, die beiden zu Hause zu treffen, weil sie da wahrscheinlich nicht mehr am Strand und noch nicht unterwegs wären. Aber es war keiner da, oder jedenfalls machte uns keiner auf.

Es ist viel los im Nubia. Am Wochenende ist der Höhepunkt des Tages immer, wenn jemand anfängt, Champagnerflaschen zu bestellen und damit einfach nur rumzuspritzen. Die anderen Gäste ziehen dann schnell nach, weil sie natürlich nicht den Eindruck erwecken wollen, sie könnten es sich nicht leisten, ihren Champagner einfach zu verspritzen. Auch die, die nicht beteiligt sind, fangen dann an zu jubeln und es kommt passende Musik.

Dass das Spritzen von Champagner auf die fast nackten Körper anderer Menschen etwas sexuell Aufgeladenes hat, steht dabei aber nicht im Vordergrund. Denn so ein Tag im Nubia ist ja auch ohne das Spritzen schon eine sexuell aufgeladene Sache. Und natürlich gibt sich niemand die Blöße, zum Champagnerspritzen sexuelle Gesten oder anzügliche Sprüche zu machen. Eigentlich wirkt das Ganze sehr natürlich, wenn auch in einer unnatürlichen Umgebung. Sicher haben die Leute, die hier mit Champagner spritzen, auch Bilder im Kopf von klassischen Pornospritzorgien, aber der Unterschied ist vielleicht, dass es hier nicht das Ende des eigenen Auftrittes ist, wenn man einem zufällig herumstehenden Gast einen Liter Laurent Perrier aus einem halben Meter Entfernung auf den Körper spritzt, sondern eine mehr oder weniger irrelevante und beliebig häufig wiederholbare natürliche Handlung, so wie woanders das Sich-Zuprosten. Oder es muss zumindest so aussehen.

Die Stimmung ist gut, aber noch spritzt niemand. Max steht auf, um sich den Typ aus der Nähe anzugucken. Ich bestelle die Rechnung, hole mein Geld aus der Tasche und zähle. Aus dem Augenwinkel sehe ich einen kleingewachsenen Typ in meinem Alter zögerlich in meine Richtung kommen, beachte ihn aber zuerst nicht. Ich klemme drei Zwanzig-Euro-Scheine unter den Aschenbecher, da geht der Typ entschlossen den letzten Schritt auf mich zu, beugt sich in mein Blickfeld und fragt: »Freddy?« Ich warte einen kurzen Augenblick, weil mir das gerade cool erscheint, so, als würde ich hier regelmäßig erkannt, und drehe dann leicht den Kopf in seine Richtung. Ich kenne ihn, weiß aber seinen Namen nicht mehr. Ich weiß zwar noch seinen Nachnamen, weil er bei dem Segelkurs, bei dem wir uns vor ein paar Jahren kennengelernt haben, der einzige Adelige war. Er war aus Hamburg. Aber der Vorname fällt mir nicht ein. Wir sagen gleichzeitig: »Hey, wie geht's dir?« und dann: »Gut, und dir?«, und dann stehe ich doch auf, weil ich mich natürlich total freue, hier jemanden zu treffen, den ich kenne. Wir reden kurz über Belangloses und dann gehe ich ihm hinterher, denn sein Vater hat unten am Pool einen eigenen Tisch gemietet. Zum Glück denke ich noch an die sechzig Euro und gehe nochmal die paar Schritte zum Tisch zurück und ziehe sie unter dem Aschenbecher raus, auch wenn er dazu ein bisschen komisch guckt.

Zehn oder zwölf Männer verschiedenen Alters stehen an einem der ersten Tische unten, da, wo man vom Strand aus ins Nubia reinkommt. Dass sie Deutsche sind, sieht man auf den ersten Blick. In der Mitte des Tisches nicht der im Nubia übliche Champagner, sondern zwei große Kühler mit Roséwein.

»Moin, Calle. Ich bin der Vater von Ferdi, wir machen hier Männertag.« Calle hat ein dunkelrot-weiß gestreiftes Hemd an. Seine Initialen »C. v. B.-B.« sind eingestickt, auf Höhe seiner linken Brust. »Freddy, freut mich«, sage ich und nicke etwas tiefer als nötig. Ferdi schiebt auf dem Tisch vor mir ein leeres Weinglas aus Plastik in meine Richtung und schenkt ein, dabei hat er seine Linke die ganze Zeit in der Luft, wippt, was komisch aussieht, weil er so klein ist, im Takt der Musik und presst mit einer aggressiven Stimme »Lucky, lucky, lucky«.

Das Plastikglas wirkt etwas nüchtern. Meine Tante sagt, die Behörden hätten dem Nubia letztes Jahr verboten, Gläser aus Glas zu verwenden, nachdem ein Russe einem anderen ein abgebrochenes Weinglas in die Rippen gerammt hat. Mein Onkel meint, das sei Quatsch, der Bruder des Bürgermeisters habe in Algeciras eine Fabrik für Plastikgläser, das wisse jeder.

Als ich gerade das Weinglas nehmen will, kommt Calle mir zuvor, nimmt das Glas, macht damit kreisende Bewegungen in der Luft und gebietet Aufmerksamkeit beim Rest des Tisches. »Sooo«, sagt er und überreicht mir das Glas dann feierlich. Dazu legt er seine Linke auf meine Schulter. Er nickt mir zu und schaut mir dabei tief und aggressiv in die Augen.

»Jedes Jahr sag ich, nur noch Araber und Russen hier, wir fahren hier nicht mehr hin. Aber gut, sind ja doch noch ein paar anständige Gestalten hier, das freut mich ja«. Ich gucke ihn kurz an, merke aber dann, dass das mir galt, und bedanke mich.

Die anderen schauen zu uns rüber. Als Calle das merkt, beginnt er: »So, und wer bist du nu? Erzähl man!« Ich überlege kurz, ob ich die Wahrheit sagen soll, denke dann aber, dass ich schon zu viel Weißwein getrunken habe, um mir eine gute Lüge auszudenken, und außerdem, dass in Hamburg ja auch Leute wie Calle durchaus SPD wählen. »Ich bin aus Köln und hab grad Abi gemacht. Ab übernächster Woche dann ein Praktikum im Landtag und ab Herbst dann irgendwas studieren, was, mal gucken.« »Politiker, super. Brauchen wir. Und Praktikum bei wem?« »In der SPD-Fraktion.«

Die anderen drehen sich nach dem Zuprosten wieder weg, wahrscheinlich war ich zu leise. Calle aber dreht sich mir zu und sein Blick verliert den Alkoholschleier: »Ich sag dir, Junge, das sind alles gestandene Unternehmer hier.« Er lenkt, mit seiner großen Hand auf meiner Schulter, meinen Blick. Er atmet in mein Ohr. Er zeigt mit seinem Roséglas einmal im Flug über die Mannschaft und lallt das Wort Unternehmer, »Unnähneymä«. »Muss man wirklich sagen. Gute Unternehmer. Also, ich mein, wenn du dich jetzt hier umguckst, denkst du, klar, alles Suffköppe. Und das nehm ich dir gar nicht mal übel, Junge.« Er lacht gekünstelt. »Aber du musst lernen, hinter die Fassade zu gucken, Junge. Eins sag ich dir: Das sind alles Leute, wenn die 'nen Anruf kriegen, dass zu Hause die Hütte brennt, die sind in einer Stunde in Malaga am Flughafen und auf dem Weg nach Hause. Aber sowas von. Wer feiern kann, der kann auch arbeiten. Sag ich immer. Wo war ich? Ach so, genau, und das ist eben das, was bei uns ja gerne mal vergessen wird. Dass nämlich Leute wie wir hier den Laden zusammenhalten. Und dass wir dann hin und wieder, dass wir dann auch mal auf die Kacke hauen wollen. Umgangssprachlich gesprochen natürlich.« Er blickt mich an wie ein kleiner Junge und ich möchte irgendwas Joviales sagen, sage aber nur: »Ja, genau.«

Calle winkt Ferdi, damit er mir nachschenkt. Dabei greift er noch fester als vorher in meine Schulter und ruft in die Runde: »Auf unsere Sozis!«, und ein paar von den anderen stimmen ein: »Auf unsere Sozis!«, und ich trinke natürlich mit, aber mir fällt gerade noch rechtzeitig ein, dass ich natürlich jetzt besser nicht auch sage: »Auf unsere Sozis!«

Es läuft jetzt »Welcome to St. Tropez«. Ferdi wippt mit, indem er einen Fuß auf den Boden stampft und seine freie Hand, die, in der er nicht sein Weinglas hält, rhythmisch in die Luft wirft. Ein paar der anderen gucken ihn an.

Meine Lieder mit Jana waren »Einer dieser Steine« zum Beispiel oder »Glück«. Die haben wir eigentlich immer gehört, wenn wir am Rhein saßen. Ich war am Anfang unsicher und habe häufig Sachen erzählt, die intelligent klingen sollten, weil ich es komisch fand, ihr immer nur zu sagen »Du bist süß« und »Du hast schöne Augen«. Ich habe ihr dann erzählt, dass die erstaunliche Geschwindigkeit des Rheins auch damit zu tun hat, dass er ein relativ großes Gefälle überwinden muss, weil Köln mit 52 Metern über Normalnull (bei Normalnull lachte sie und meinte: »Du bist auch so eine Normalnull«) über 200 Meter tiefer liegt als Basel auf 260 Metern, während zum Beispiel Dresden nur etwas über 100 Meter höher liegt als Hamburg, weshalb die Elbe sehr viel langsamer fließt. Oder ich habe ihr erzählt, dass das Bergische Land nicht Bergisches Land heißt, weil dort besonders viele Berge sind und die Leute eben aus »bergig« irgendwann »bergisch« gemacht haben, sondern weil dort früher die Grafen von Berg regiert haben. Ich weiß nicht, ob sie das wirklich interessiert hat. Aber sie hat immer interessiert geguckt und mich auch nicht ausgelacht oder Streber genannt, außer eben einmal mit der Normalnull.

Ich schaue zu Ferdi, der jetzt Arm in Arm mit einem der Freunde von seinem Vater wippt. Wahrscheinlich kennt er Sido und Prinz Pi überhaupt nicht. Wahrscheinlich kann er mit der Kreditkarte von Calle bei iTunes so viel einkaufen, wie er will. Und wahrscheinlich mag er die Idee, dass die Musik physisch als Datei auf seinem Computer herumliegt. Dass das Speicherplatz verbraucht, ist ihm egal, weil sein Laptop auch von Calle gekauft worden ist. Über die Firma, und da konnte er einfach sagen, welchen er haben wollte. Dann hat er natürlich das MacBook mit der großen Festplatte genommen. Wohingegen ich, als ich mit meinen Eltern mein erstes MacBook gekauft habe, im Laden pflichtbewusst gesagt habe: »Klar, natürlich reicht die kleine Festplatte«, was ja auch stimmt. Und ich beschwere mich ja auch gar nicht. Für jemanden wie Jana, deren Eltern ihr nie im Leben ein MacBook gekauft hätten, ist der Unterschied zwischen mir und Ferdi verschwindend gering. Da sind wir einfach nur zwei Jungs, die von ihren Eltern einfach mal so eben, zack, ein neues MacBook hingestellt bekommen haben. Aber mit Blick auf die Musik führt das dazu, dass Ferdi eben ganz andere Musik hört als ich. Weil er immer denkt, dass es ziemlich geil ist, dass er auch mit fast 20 noch mit der Kreditkarte von Calle bei iTunes Musik shoppen kann. Und gleichzeitig weiß er aber auch, dass das Ganze natürlich seinen Preis hat. Denn wenn Calle irgendwann mal ankommt und fragt: »Sag mal Junge, was lädst du da eigentlich mit meiner Kreditkarte den ganzen Tag für Musik runter, sind das wenigstens anständige Lieder?«, dann ist diese Art von Musik natürlich schwer zu erklären. Weil für Calle der einzige Bezug zu deutschem Rap wahrscheinlich ist, dass Bushido der Typ ist, der mit der Schwester von Sarah Connor zusammen war, die auch mal mit Özil zusammen war, und der die dann verprügelt hat, so dass die Polizei kommen musste. »Und von so einem kriminellen Kanacken die Musik kaufst du mit meinem Geld, du hast sie ja wohl nicht mehr alle, iTunes ist gestrichen!« Und um dieses Risiko zu umgehen, lädt

Ferdi einfach von vornherein nur Queen und die Rolling Stones runter.

Eine Kellnerin kommt an den Tisch. Sie hat, wie alle Kellner heute, ein Indianerkostüm an. Die Kostüme wechseln jeden Tag, mal ist es Indianer, mal Meerjungfrau, mal römischer Legionär. Sie ist ganz grazil. Alle Kellnerinnen hier sind, gerade wenn sie Männergruppen bedienen, ein bisschen offen, beziehungsweise zugewandt, sagen zum Beispiel »All right, Boys, anything else?« und lächeln dazu, obwohl die Jungs hier weder Boys sind, noch die Kellnerin sie schon mal gesehen hat. Aber bei ihr merkt man sofort, dass das Billige, Habbare eine professionelle Verkleidung ist und Teil ihres Jobs. Dass sie privat auf gar keinen Fall zu älteren Männern »All right, Boys, anything else?« sagen würde.

Sie hat schwarze Haare, und das Indianerkostüm steht ihr. Sie sieht ein bisschen aus wie Penelope Cruz. Die Unternehmer sind deutsch-zurückhaltend und nicht übergriffig, aber ihr »Ja genau, die Teller, nimm die man mit, aber komm wieder!« ist mehr Übung und Alter als Charakter, und wenn sie kein Deutsch kann, was ja wahrscheinlich ist, und nur die Melodie hört, dann würde ich an ihrer Stelle davon ausgehen, dass da gerade etwas Anzügliches gesagt worden ist. Und das ist auch genau das, was die Unternehmer erreichen wollen. Aber sie ist so elegant, dass sie sich nichts anmerken lässt.

Neben uns haben ein paar Jungs zu spritzen begonnen. Sie stehen neben dem Tisch direkt vor dem Pool. Sie sind zu viert und haben jeder eine Flasche, keine ganz große, aber eine Einskommafünfliter. Es finden sich auch sofort ein paar Mädels, die sich in die Champagnerfontäne stellen und ein bisschen die Hände in die Luft schmeißen. Es gibt eine ganz bestimmte Art, wie Mädels die Hände in die Luft schmeißen. Bei Jungs kommt die Bewegung aus der Schulter und sie spannen den Bizeps an, um dann möglichst viel Spannung im Brustbereich aufzubauen. Mädchen gehen ein bisschen in die Knie und lassen dann die Arme ohne viel Kraft einmal am Körper entlang nach oben gleiten, aber die Betonung ist eigentlich nie auf den Armen, sondern auf der Hüfte. Wenn die Arme dann oben sind, werden sie auch nicht durchgestreckt, sondern locker oben gehalten und irgendwann leicht wieder fallengelassen. Ziemlich genau so, wie amerikanische Cheerleader diese Puschel in die Höhe strecken.

Die Jungs versuchen mit dem Champagner auf die Titten oder den Arsch von den Mädels zu zielen, soweit das geht, nicht ins Gesicht. Die letzten zwanzig bis dreißig Prozent der Flasche kann man nur schwer verspritzen, weil es wahrscheinlich schwierig ist, den nötigen Druck in der Flasche allein durch Schütteln aufrechtzuerhalten, wenn die Flüssigkeitsmenge sinkt. Der eine von den vieren schüttet deshalb nach der Hälfte der Flasche den Rest dem Mädel, das ihm gerade am nächsten steht, über den Kopf. Sie reagiert sehr schnell, legt den Kopf in den Nacken und versucht, so viel wie möglich zu trinken.

Vielleicht überlegt er, sie anzusprechen. Dafür wäre es dann gut, dass er jetzt durch das Den-Champagner-in-ihren-Mund-Schütten gezeigt hat, dass er sie mag. Das macht es einfacher.

Vielleicht überlegt auch sie, ihn anzusprechen. Natürlich nicht so nach dem Namen fragen wie zu Hause mit »Hello, I'm Sonya, and what is your name?«. Sondern eher so einmal kurz den Kopf rüberbeugen zu seinem Ohr und dann kurz flüstern: »Thank you honey, that was nice. What is your name?« Und dann, wenn er seinen Namen sagt, zum Beispiel Timothy, dann könnte sie noch kurz in sein Ohr sagen: »Timothy, wow, that's a great name. Like an emperor.« Das finden nämlich Jungs auf der ganzen Welt toll. Und es funktioniert mit sehr vielen Namen, denn irgendwo gab es immer schon einmal einen König oder Kaiser, der so hieß. »I like that. Well, thanks, Timothy.« Und dann würde sie ihm über den Nacken streichen, einen Mini-Kuss in sein Ohr hauchen, ihm dabei einmal durch die champagnernassen Haare streichen, sich dann wegdrehen, nicht zu schnell und nicht zu langsam, das wäre ganz wichtig, wenn sie zu schnell ist, denkt er, sie hätte Angst vor der eigenen Courage, und wenn sie zu langsam ist, denkt er, sie fände ihn wirklich gut, also nicht zu schnell und nicht zu langsam sich wegdrehen, ein Schritt, zweiter Schritt, und dann einen coolen Sprung zu ihrer Freundin in den Pool. Oder vielleicht nicht Sprung, sondern hinsetzen und leicht reingleiten. Sprung wirkt zu sehr, als wollte sie was beweisen.

Ich frage mich, woher die Jungs kommen. Sie sind etwas zu dunkel für Europäer. Marokko vielleicht. Wobei, da gibt es wohl kaum eine kritische Masse von Leuten zwischen 20 und 30, die mal eben nach Marbella fahren, um Champagner zu verspritzen. Es gibt natürlich Marokkaner in Paris oder London, die so ticken. Aber die Jungs hier sind eine sehr homogene Truppe. Und ein Marokkaner in Paris oder London, der nach Marbella fährt, um mit Champagner zu spritzen, der würde das ja mit einem internationalen Kreis an Leuten tun, die er aus der Schule oder von der Uni kennt. Ägypten könnte sein. »Das ist immerhin ein Achtzigmillionenvolk«, meinte mein Vater neulich, als im Fernsehen was zu Ägypten kam und er daraufhin vor dem Fernseher kurz über den steigenden Einfluss der Ägypter im Nahen Osten laut nachdachte. »Achtzigmillionenvolk« ist natürlich ein Wort, bei dem man als Deutscher hellhörig wird. Aber wahrscheinlich sind es keine Ägypter. Libanesen vielleicht. Im Libanon gibt es eine Menge Leute mit Kohle, die Schweiz des Nahen Ostens, wie manche wenig kreativ sagen. Wahrscheinlich sind es Libanesen.

Als der Champagner aus ist, wird es hektisch. Die Jungs sind nicht übertrieben durchtrainiert, aber stämmig und kräftig. Ihre Körperhaare sind auf wenige Millimeter getrimmt. Die zwei Mittleren haben den Größten der vier gepackt, und wollen ihn in den Pool schmeißen. Der Kleinste steht daneben und klatscht und feuert an. Die Mädels stehen ein paar Meter abseits und feuern auch an. Der größte Libanese fliegt in den Pool, dabei hält er seine fast leere Champagnerflasche weiter fest umklammert. Der ganze Laden jubelt und johlt den vieren jetzt zu. Es ist früher Nachmittag, und die Stammgäste wissen, dass sich ab jetzt alle paar Minuten Leute gegenseitig in den Pool schmeißen, mit Champagner bespritzen und Show machen werden.

Der kleinste und einer der mittleren Libanesen haben einen Kellner gepackt. Die anderen Gäste johlen lauter, denn dass Kellner ins Wasser geschmissen werden, kommt zwar hin und wieder vor, ist aber sozusagen schon ein zweites Eskalationslevel. Der andere mittlere Libanese hat das Mädel gepackt, dem er eben den Champagner über den Kopf geschüttet hat, und schmeißt sie ins Wasser.

Irgendwann sind alle, mit denen die Libanesen irgendwie zu tun hatten, im Wasser, und die drei stehen immer noch draußen. Es gibt einen ganz kurzen Moment der Ruhe. Sie blicken sich an, dann gucken sie zu Ferdi, der ihnen am nächsten steht. Aber der guckt sehr abwehrend und sie schauen schnell wieder weg. Ich habe wahrscheinlich einen Moment zu lange einfach nur hingeschaut, denn plötzlich steht der eine Libanese direkt vor mir, zeigt einmal in die Luft, so dass ich hochgucke, und packt dann meine Füße. Die anderen Gäste drehen völlig durch, denn dass Leute andere Gäste in den Pool schmeißen, ist schon wirklich außergewöhnlich. Ich falle zurück in die Arme des anderen Libanesen, der sich hinter mich geschlichen hat, und alle lachen. Der hinter mir fragt leise: »Is that okay for you?«, aber ich habe eigentlich nichts dagegen. Er lässt mich aber nochmal los, damit ich ihm mein Handy geben kann. In dem Moment danach, ich weiß auch nicht warum, entscheide ich mich, selbst in den Pool zu springen, was eigentlich ja viel weniger lustig ist, aber vielleicht habe ich Angst, dass die Jungs schon so viel getrunken haben, dass sie mich hier auf die Poolkante knallen lassen. Auf jeden Fall springe ich zwischen den beiden Libanesen hindurch ins Wasser, tauche kurz unter, spüre mein T-Shirt auf der Haut, tauche wieder auf und blicke mich um.

Wir sind der Kellner, drei Mädels und inzwischen noch die beiden mittleren Libanesen, die mir hinterhergesprungen sind.

Es springen noch ein paar andere selbstständig nach und der Rest steht am Ufer und klatscht. Ich fahre mir durch die Haare und schwimme in Richtung der Mädels an den Rand des Pools. Der vierte Libanese hat noch einmal Champagner bestellt, diesmal aber mit Gläsern. Die Kellnerin, die eben Calle und seine Freunde bedient hat, hält ein silbernes Tablett, und ein Kollege von ihr mit großem Federschmuck und bemaltem Oberkörper, eine Art Chefkellner, schenkt ein. Sie bückt sich mit dem Tablett zu uns an den Pool herunter. Sie lächelt mich an. Die Indianermädchen haben Verzierungen aus Federn an den Unterschenkeln und dazu Hotpants aus Leder. Sie hat schlanke Oberschenkel, die nach oben hin nur minimal dicker werden. Zwischen dem Leder und ihrer Haut ist ein kleiner Spalt und eine rosa Bikinihose.

II.

Ich gehe zurück zu Max und hole mir ein Handtuch und ein trockenes T-Shirt und eine trockene Badehose. Das Nubia hat nichts zum Umziehen, man muss dafür entweder ein Handtuch umbinden oder auf die Toiletten.

Hinter der Bar auf dem Weg zu den Toiletten steht ein Kellner und füllt Chips in kleine Glasschälchen. Im Vergleich zu dem, was im Nubia sonst so vor sich geht, wirkt das sehr gediegen. Ich befühle mit der Zunge die kleine Lücke an der Ecke meines rechten Schneidezahns. Die ist da seit dem einzigen Mal, dass ich mich in meinem Leben geprügelt habe, oder besser verprügelt worden bin, von zwei Russen aus der Siedlung. Ich hatte Chips gekauft, weil ich mit Miriam verabredet war, die so etwas wie meine erste Freundin war und in der Siedlung wohnte. Und weil ich einen von den Russen, er hieß Alex, aus der Schule vom Sehen kannte, ging ich zu ihnen hin. Ich war dann etwas übermütig, scherzte mit ihnen, und irgendwann haben sie dann einen Witz von mir falsch verstanden, der überhaupt nicht gegen sie gerichtet war, ich sagte irgendwas wie »Sowas wie Chio kriegt ihr nicht hin im Ural«, und dann lachten sie zuerst und dann gab der eine mir eine ziemlich krasse Ohrfeige und weil er einen schweren Ring trug, brach ein kleines Stück von meinem Zahn ab und ich fiel hin. Und jedes Mal, wenn ich Chips esse, stelle ich die Chips mit der Zunge senkrecht im Mund auf und stecke sie in die Lücke und knacke sie dann genau zwischen meinen Schneidezähnen auseinander.

Vor den Herrentoiletten stehen zwei Männer in der Schlange. Ein dicker Älterer und ein Indianer, der sehr nett guckt, so, als wolle er sich entschuldigen. Er macht zuerst keine Anstalten mich vorzulassen, wahrscheinlich hat er es eilig. Dann sieht er den kleinen See auf dem Boden unter meiner nassen Badehose und bietet mit widerwillig seinen Platz in der Schlange an, aber ich lasse ihn ihm.

Man kann durch die halb geschlossene Tür in die Damentoilette schauen. Vor einem der Spiegel steht wieder die Kellnerin von eben und zieht sich um. Es geht schnell. Ich glaube, sie will nach Hause. Wahrscheinlich ist ihre Schicht vorbei. Sie nimmt den Federschmuck vom Kopf, der ein bisschen an einen Pfau erinnert, denn die Federn stehen nach oben und zu den Seiten kranzartig vom Kopf ab. Aus einer Art Haarreif kommt zuerst eine kurze Lage knallgelber Federn, dahinter eine längere Lage lila Federn. Das sind die Farben des Nubia. Da, wo der Haarreif fast die Ohren berührt, hängen an ihm ein paar kleine Muscheln und ein Seestern.

Die unter dem Haarreif vorher offenen Haare bindet sie mit dem geübten Zopfgriff aller Mädchen schnell und geschickt zu einem Pferdeschwanz. Den Federschmuck klappt sie in der Mitte einmal zusammen und steckt ihn in eine Plastiktüte von Lidl und dann in der Plastiktüte in eine hellblaue Ikea-Tasche. Sie hat, wie alle Indianerinnen, außerdem ein weißes Top an und darüber so eine große Kette aus Federn und Haifischzähnen. Die Lederhotpants zieht sie jetzt auch aus. Sie fühlt sich entweder unbeobachtet, weil die Tür zur Damentoilette nicht besonders weit offen ist, oder es ist ihr egal, dass der Dicke und der Indianer und ich sie sehen können. Vielleicht denkt sie: ›Ist mir jetzt, nachdem mir fünf Stunden lang besoffene, champagnerspritzende Idioten an den Arsch gepackt haben, auch egal, ob die drei Jungs vor dem Klo mich sehen. Der eine ist eh mein Kollege, der andere ein alter Fettsack und der dritte ...‹ Vielleicht hat sie mich eben gesehen, ich weiß es nicht.

Sie zieht jedenfalls die Hotpants genauso schnell und völlig ohne Affektion oder Prozedere aus wie den Kopfschmuck und legt sie ebenfalls in die Ikea-Tasche. Sie streift eine schwarze Badehose von adidas über, die ihr ein bisschen zu groß ist. Ich denke, dass die wahrscheinlich von ihrem Freund ist. Vielleicht hat sie die sogar absichtlich, um einen bewussten Schlusspunkt unter ihren Arbeitstag setzen zu können: ›Jedes Mal, wenn die Schicht vorbei ist, weiß ich, dass ich gleich deine alte adidas-Badehose anziehen kann, und darauf freu ich mich. Und daran denke ich oft, zum Beispiel wenn mich einer von den Pennern mal wieder ›aus Versehen‹ in den Pool geschubst hat und alles nass und durchsichtig ist und alle gucken. Dann denke ich: Noch eine Stunde und vierzig Minuten, dann ziehe ich deine alte adidas-Badehose an.‹ Ich finde den Gedanken schön und merke gleichzeitig, dass ich auf den Besitzer der Badehose neidisch bin.

Ihre Haare sind nicht nur schwarz, sondern auch ganz dick. Das habe ich eben unten wegen des Kopfschmuckes noch nicht gesehen. So dick, dass sie vielleicht Naturlocken hat und die glätten lässt. Sie sind in der Mitte gescheitelt und fielen eben, bevor sie den Pferdeschwanz gebunden hat, ganz gerade rechts und links ihres Gesichtes runter. Sie hat auch eine ganz leichte Hakennase, aber schön, nur ganz minimal nicht gerade, und braune Augen wie die meisten Spanierinnen. Und sehr mächtige Augenbrauen und sehr schöne Beine, die sehr definiert sind und eben und ganz gerade. Man sieht genau ihre Knie, sie zeichnen sich unter der Haut ab wie unter Frischhaltefolie. Bei Mädels aus Spanien oder Italien kann man oft schon total gut erahnen, wie sie später als Frau oder als Mutter mal aussehen werden, und das ist bei ihr auch so.

Zu den Hotpants und dem Kopfschmuck in der Ikea-Tasche legt sie jetzt noch die Ankle Boots, die alle Indianerinnen tragen. Die Jungs tragen so bescheuerte Mokassins. Und sie gibt sich sehr viel Mühe, dass alles ordentlich in ihrer Tasche liegt, sie wirft es nicht einfach hinein, sondern faltet die Sachen und legt sie sorgfältig und platzsparend in die Tasche.

Ich gehe in eine Kabine und ziehe mir mit ziemlich hoher Geschwindigkeit meine andere Badehose und Max' T-Shirt an. Hätten die Libanesen mich nicht in den Pool geschmissen, hätte ich die Kellnerin nicht wiedergesehen. Im Rausgehen rolle ich die nasse Badehose und das nasse T-Shirt in mein Handtuch ein. Als ich den Raum vor den Toiletten betrete, kommt sie gerade heraus.

Die Ikea-Tasche mit dem Kostüm bringt sie in einen Raum hinter der Bar. Ich stelle mich an die Theke und warte. Als sie hinter der Bar hervorkommt, schaut sie ein bisschen traurig, aber entschlossen drein. Diesen Gesichtsausdruck hatte sie auch unten schon. Süß gelächelt hat sie nur, als sie »All right, Boys, anything else?« gesagt hat, und als sie dem Libanesen das Tablett hingehalten hat.

Eigentlich mache ich sowas nicht, aber ich gehe ihr hinterher. Das Handtuchpaket lege ich unterhalb eines Barhockers vor die Theke. Dieses Umziehen war extrem anziehend, ohne dass es sexuell gewesen wäre. Natürlich sah sie ziemlich geil aus in dem weißen Top und dem rosa Bikinihöschen, aber darum ging es nicht. Fast alle Frauen im Nubia sehen geil aus. Es geht eher darum, dass dieses Indianerkostüm vorher eine Botschaft ausgestrahlt hat. So ein »Ich bin zwar auf der einen Seite so angezogen, damit du als Gast im Nubia das gut findest, denn es ist ja kein Zufall, dass wir hier diese knappen Indianerkostüme tragen. Aber gleichzeitig ist es absolut ausgeschlossen, dass du mich ansprichst und mir jetzt zum Beispiel hier an der Bar einen ausgibst und wir uns dann unterhalten. Das musst du, wenn überhaupt, mit den anderen Mädels machen, die hier rumlaufen. Denn dieses Indianerkostüm sieht zwar gut aus. Aber es bedeutet auch, dass ich, solange ich es anhabe, demjenigen gehorche, für den ich es anhabe. Und das ist der Chef vom Nubia. Der mir zwölf Euro fünfzig die Stunde zahlt. Oder auch fünfzehn, weil richtig gut aussehende Mädels, die in einer Bar arbeiten wollen, in Marbella, wie überall auf der Welt, heiß begehrt sind. Und selbst wenn du mich angesprochen hättest und gesagt hättest ›Hey, I'm Freddy, and what is your name?‹, dann wäre ich vielleicht freundlich gewesen, aber eigentlich hätte das dem Besitzer des Nubia gegolten und nicht dir. Denn der sagt uns, wir sollen immer nett sein und lächeln und wirklich nur dann nicht mitmachen, wenn es gar nicht mehr geht. Oder uns von der Arbeit abhält.«

Aber in dem Moment, in dem sie das Indianerkostüm auszieht, wird sie frei. Oder zumindest freier. Der Besitzer vom Nubia ist schon noch präsent, sie zieht sich immer noch auf seinem Klo in seinem Club um und wird danach sein Indianerkostüm in einer blauen Ikea-Tasche in einen Raum hinter der Bar stellen, in dem es dann wahrscheinlich von einer dicken alten Frau, die ihre Oma sein könnte, abgebürstet und gefaltet wird und dann in den Schrank kommt, bis das nächste Mal Indianer dran ist. Oder vielleicht wird es auch nicht in den Schrank gehängt, vielleicht schickt die alte Frau es auch mit FedEx zu einem der anderen Clubs der Nubia-Beach-Gruppe, wo dann nächste Woche Indianer ist, das wäre betriebswirtschaftlich das Sinnvollste. Aber auch diese alte Frau wird vom Besitzer des Nubia Beach bezahlt. Aber trotzdem war sie durch das Ausziehen für einen Moment lang da, für mich. Und ich fühlte, als sie da nur in dem rosa Bikinihöschen stand, so einen diffusen Handlungsdruck. So, wie wenn man in einem kleinen Laden ist und unbeobachtet und man realisiert: ›Jetzt könnte ich was klauen und keiner würde es merken.‹ Und dann lässt man es erst, und dann hört man aber die Schritte des Besitzers, der in den Laden zurückkommt, und dann denkt man ›Jetzt oder nie‹, und dann macht man es doch. Obwohl die Situation am Anfang noch besser war, denn erst jetzt steht man unter Druck. Und genauso war es auch mit der adidas-Badehose, die sie angezogen hat. Als sie die anhatte, war da ja irgendwie wieder wer, Freund, Bruder, was auch immer, und dann musste ich irgendwie hinterhergehen, obwohl sie sich schon wieder ein Stück von mir entfernt hatte, durch die Badehose.

Ich denke außerdem auch noch, während ich ihr hinterhergehe, nach draußen, auf den Parkplatz des Nubia, dass die Begeisterung deutscher Männer für Frauen in Polizeiuniformen den Punkt von Frauen in Berufskleidung total verfehlt. Denn was mich an der Kellnerin so fasziniert, ist ja gerade das Element des Unfreiwilligen, des »Ich muss, um Geld zu verdienen, diese Uniform tragen und mir von fetten alten Säcken, die wollen, dass ich ihnen Champagner auf ihren dicken Bauch und ihre rosa Vilebrequin-Badehose spritze, und mir dann dafür hinterher einen Hunderteuroschein als Trinkgeld geben, halb weil sie zu besoffen sind, um in ihrem Portemonnaie voller Franken, Rubel, Dollar, Pfund einen Hunderteuroschein von einem Fünfzigfrankenschein zu unterscheiden, halb weil in ihrem Kopf die Verknüpfung ›Gut aussehende junge Frau in einem bescheuerten Kostüm tut, was ich ihr sage, dann kriegt sie auch Bargeld von mir, unabhängig davon, ob ich es ihr schulde, wird sich auf lange Sicht schon lohnen‹ eben total festgefahren ist, an den Arsch packen lassen«. Und genau dieses Element des Unfreiwilligen hat das Tragen einer Polizeiuniform nicht. Die Polizistin arbeitet ja nicht mal eben fünf Stunden als

Polizistin, um ein bisschen Geld zu verdienen und sich einen eigentlich ganz anderen Traum zu erfüllen, den ein gut verdienender Mann ihr vielleicht viel einfacher erfüllen kann. Sondern sie ist überzeugt davon, als Polizistin der Gesellschaft helfen zu können und hier einen sinnvollen Job zu machen. Sie verzichtet dafür wahrscheinlich auch auf einiges an Geld, denn kurzfristig könnte wahrscheinlich sie selbst woanders mehr verdienen und langfristig wollen wahrscheinlich die meisten gut verdienenden Männer auch keine Polizistin heiraten, allein schon wegen der Arbeitszeiten und dem Risiko. Aber vor allem trifft sie eben eine freiwillige und selbstbestimmte Entscheidung, und das ist der entscheidende Unterschied zu der Kellnerin. Und paradoxerweise würde ich zwar eigentlich, wenn mich jemand fragt, »Freddy, magst du eher unabhängige oder eher anhängliche Frauentypen?«, sofort sagen »unabhängige«. Aber jetzt gerade auf dem Parkplatz vor dem Nubia merke ich, dass das eine total abstrakte Antwort wäre. Natürlich finde ich die Idee einer unabhängigen Frau total attraktiv, aber hingezogen fühle ich mich zu der Kellnerin in der adidas-Badehose, die vorher das Indianerkostüm anhatte und davor wahrscheinlich die adidas-Badehose und heute Morgen in einer Wohnung aufgewacht ist, die sie nicht selbst bezahlt, denn als Kellnerin im Nubia kann man sich keine Wohnung in Marbella leisten.

Sie steht jetzt auf dem Parkplatz vor einem kleinen Motorroller in Dunkelblau, neben den Abfallcontainern. Ich merke, dass ich sie genau jetzt ansprechen muss. Gleich wird sie sich einen Helm überziehen, dann wird es schon komisch, denn dann muss sie den Helm ausziehen, um mit mir zu sprechen. Und dann wird sie den Motor anmachen, dann hört sie mich wahrscheinlich nicht mehr und ich müsste ihr schon auf die Schulter tippen oder mich ihr in den Weg stellen. Und dann wird sie losfahren. Ich weiß, wie wahrscheinlich viele Menschen, in so einer Situation nie genau, was ich sagen soll. Ich habe nie wirklich Frauen angesprochen. Ich hab mich immer auf die konzentriert, die ich schon kannte, oder ich wurde angesprochen. Hier aber muss ich jetzt ansprechen. Ich kann allerdings schlecht hingehen und sagen: ›Ich finde dich total hübsch, deswegen bin ich dir hierhin auf den Parkplatz hinterhergelaufen, und wenn du Lust hast, komm doch später zu Max und mir an die Liege, wir liegen ganz unten am Strand und geben dir auch ein Glas Weißwein aus.‹ Sie hat sicher keine Lust, ihre Freizeit im Nubia zu verbringen.

Ich frage sie, ob sie eine Idee hat, wo man heute Abend hingehen könnte. Das ist natürlich komplett unkreativ und in jeder Hinsicht uncool. Aber ich merke an ihrer Reaktion, dass das nicht so schlimm ist. Eigentlich ist ja auch der beste Anmachspruch immer nur eine elegante Variation von ›Ich finde dich megageil und möchte dir näher kommen, als ich es gerade bin, darf ich?‹. Weshalb Frauen, glaube ich, oft relativ egal ist, wie sie angemacht werden, solang man nicht ultrastumpf oder sexistisch ist. Und deshalb kann man bei den meisten Frauen auch mit der Frage »Excuse me, do you know where there could be a good party tonight?« landen. Sie empfiehlt den Laden, in dem wir mit Magdalena und ihrer Freundin waren, und noch einen anderen Namen, den ich aber direkt wieder vergesse, weil ich mir überlege, was ich sie als Nächstes frage. Ich sage: »Thank you. I'm Freddy, by the way«, und halte ihr meine Hand hin. Sie gibt mir auch die Hand, sehr förmlich, so ein bisschen wie bei einem Vorstellungsgespräch. Sie heißt Penelope, was lustig ist, weil ich ja eben an Penelope Cruz denken musste. Vielleicht hat sie sich das aber auch ausgedacht, denn nüchtern betrachtet bin ich wahrscheinlich nicht der Einzige, der nach ein paar Drinks findet, dass sie wie Penelope Cruz aussieht, und ihr das auch sagt. Ich sage ihr als Nächstes, dass ich finde, dass alle, die im Nubia arbeiten, aber vor allem sie natürlich, einen super Job machen. Aber ich merke direkt, dass das etwas gönnerhaft klingt. Als sei ich ein alter Politiker, der ein SOS-Kinderdorf besucht. ›Großartige Arbeit machen Sie hier, ein Vorbild für uns alle.‹ Und nicht wie ein cooler Zwanzig- beziehungsweise Neunzehnjähriger, der sich, warum auch immer, im Nubia in Marbella rumtreibt und eine Kellnerin süß findet, aber eigentlich nicht so stumpf aussieht wie die anderen hier, was ja eine neunzehn- oder zwanzigjährige Kellnerin im Nubia vielleicht sogar attraktiv finden kann.

Aber egal, ich muss weitermachen, mit Mädels sprechen ist wie Playstation, man darf nicht zu lange planlos rumstehen und überlegen, was man als Nächstes tut. Ich frage sie also, ich weiß auch nicht warum, ob sie mich auf ihrem Roller mit zum Supermarkt nehmen kann. Ich müsste Allergikersonnenmilch kaufen. Das ist totaler Quatsch, unten in der Strandtasche ist eine fast volle große Tube Sonnenmilch und ich habe auch keine Allergie. Aber ich will sie nicht wegfahren lassen. Und außerdem liegt der Supermarkt direkt an der Ecke, wo es hochgeht in die Berge. Sie muss also wahrscheinlich eh dort lang und es ist für sie nicht komisch, nur ein paar hundert Meter auf der Küstenstraße, wo lauter Leute sind.

Sie nimmt mich anstandslos mit. Vielleicht war das so überfallartig, dass sie gar nicht Nein sagen konnte. Oder vielleicht ist das Glück auch wirklich mit den Tüchtigen beziehungsweise Wagemutigen. Oder vielleicht ist es ihr auch egal und sie hätte auch jeden anderen auf ihrem Roller mitgenommen. Oder vielleicht findet sie mich auch gut, wer weiß. Auf jeden Fall sitze ich ein paar Sekunden später hinter ihr auf ihrem kleinen Scooter, der ziemlich langsam ist mit uns zweien drauf, halte mich an ihren Hüften fest, und während ihre Haare vom Fahrtwind langsam mein T-Shirt und meinen Hals hochwandern, muss ich aufpassen, dass ich keinen Ständer kriege. Während wir so auf der Küstenstraße fahren und ich mich an ihren Hüften festhalte, denke ich, dass ich zum ersten Mal seit Wochen mit einer Frau gesprochen habe, ohne die ganze Zeit an Jana zu denken. Und dass es gut ist, dass sie Spanierin ist. Ein Mädel aus Deutschland hätte mich wahrscheinlich ohne Helm nicht mitgenommen. Auf dem Parkplatz des Supermarktes will ich mich eigentlich schon von ihr verabschieden und habe mich kurz vorher gefragt, wie ich sie dazu kriege, mir ihre Nummer zu geben. Aber sie stellt den Roller ab und kommt mit rein in den Supermarkt.

Ich weiß zuerst nicht, was ich zu ihr sagen soll. Dann sage ich, dass es sicher toll ist, in einem Club wie dem

Nubia zu arbeiten. »Oh, you know, it's nice, lots of cool people that you see, sometimes famous ones«, antwortet sie. Das »s« in »ones« spricht sie nicht scharf aus, sondern wie in »Brause«. Das ist total spanisch und ich finde es megaanziehend. »Sometimes the guys get a little nasty, but usually it's o. k. So how about you, what brings you to Marbella?« Ich denke kurz, dass ich nicht vergessen darf, die Sonnencreme zu kaufen. Wenn die keine Allergikersonnencreme haben, muss ich irgendeine kaufen und dann behaupten, die hätte einen Inhaltsstoff nicht, auf den ich allergisch bin. Cadmium zum Beispiel. Das ist gut, kein Mensch weiß, was Cadmium ist, und es ist sicher in Sonnencreme drin. Und es klingt auch plausibel, dass man darauf allergisch sein könnte. ›Thank God they have blocador, it's the only cadmium-free sunblocker you can get outside the United States, Europe is so behind on the whole allergy thing.‹ Das könnte ich zu ihr sagen. Ich denke, dass, egal was ich jetzt auf ihre Frage, was wir hier machen, antworte, es eigentlich immer nicht so richtig cool ist. ›Ich besuche meine Tante und meinen Onkel, die haben ein Haus hier‹? ›Ich hab gerade Abi gemacht und wollte mit meinem Kumpel Max mal richtig was erleben‹? Unsere Konstellation ist nicht wirklich cool, zwei Jungs alleine in einem viel zu teuren Ferienort. Andererseits wohnt sie auch hier, so schlimm wird sie es also nicht finden. »I just finished school and now I'm hanging out here for a few weeks at my aunt's house with a friend«, sage ich. Das ist in mehrfacher Hinsicht gut. Einmal kann »school« sowohl Schule als auch Uni heißen, macht mich also vielleicht ein bisschen älter, außerdem suggeriert es, dass mein Onkel und meine Tante vielleicht gar nicht da sind, was auch cool wäre. An ihrem Nicken merke ich, dass sie mit meiner Antwort zufrieden ist.

Ich kaufe eine spanische Sonnencreme und Penelope ein Sixpack Mineralwasser. An der Kasse frage ich sie noch, wann sie das nächste Mal im Nubia arbeitet. Bei der Frage werde ich ein bisschen traurig, dass ich sie nicht schon früher getroffen habe. Sie arbeitet erst in ein paar Tagen wieder.

Auf dem Parkplatz gibt sie mir noch ihre Nummer. Ich habe ihr natürlich nicht gesagt, dass wir in drei Tagen zurückfliegen. Sie fragt mich sogar, ob sie mich noch zurückfahren soll, aber ich sage »No, thanks« und lächele dazu, so lässig ich kann. Dann setzt sie ihren Helm auf und will losfahren, klappt aber nochmal das Visier auf, bevor sie den Motor anmacht, und sagt: »I like that gap in your teeth, pretty cool.« Ich kann nichts mehr sagen, weil sie direkt danach den Motor anmacht. Und dann fährt sie weg, in ihrer schwarzen adidas-Badehose und mit einem Sixpack 1,5-Liter-PET-Flaschen Sprudelwasser von Lidl zwischen ihren schön definierten Beinen auf dem Roller und mit ihrem Zopf, der aus ihrem Helm herausschaut und sich jetzt im Wind langsam aufrichtet, weg von ihrem Kopf, in meine Richtung.

III.

Max ist verständlicherweise sauer, dass ich schon wieder so lang unterwegs war. Ich höre mir einen kurzen Vortrag über Unzuverlässigkeit im Allgemeinen und mich im Besonderen an, aber er interessiert mich nicht, ich denke an Penelope.

Als wir ein paar Stunden später mit dem Up nach Hause fahren, fällt mir auf, dass ich jeden Meter der Strecke bis zum Supermarkt total genieße, mir ist richtig warm, und dass ich mich ab dem Supermarkt, da wo wir links in die Berge hochfahren, fühle wie ein Luftballon, aus dem die Luft entweicht. Max fragt kurz danach, ob wir nochmal zum Supermarkt zurückfahren sollen, eine Bildzeitung kaufen. Mich interessiert die Bildzeitung nicht, aber ich sage wie ferngesteuert: »Ja klar, lass machen, ich wollte eh noch Wasser kaufen.« Ich kaufe schnell ein Wasser und gehe direkt zurück zum Auto, um in Ruhe Penelope zu schreiben. Ich fasse mich relativ kurz und schreibe ihr einfach nur: »Fun to meet you, let's hang out some time.«

Danach gehe ich Mails durch, auf dem Parkplatz gibt es W-Lan. Die JU will zum Tag des Mauerbaus am 13. August was organisieren. Es wird ein Kombi samt Fahrer gesucht.

Ich denke, dass ich jetzt wirklich mal langsam den Führerschein machen sollte. Das Problem wird nämlich auch sein, dass ich sonst irgendwo studieren muss, wo man gut mit der Bahn hinkommt, und das ist ja nicht überall der Fall. Und außerdem wird das stressig, denn dann muss ich jedes Mal meine Mutter oder meinen Vater bitten, dass sie mir ein Bahnticket bezahlen, wenn ich nach Hause oder irgendwohin fahren will. Und ob das klappt, wird sehr abhängig sein von der Stimmung meiner Eltern, so wie ich sie kenne. Am Ende werden sie es mir wahrscheinlich zahlen, aber gerade wenn wir Streit hatten oder wenn sie schlecht gelaunt sind, werden sie sich ewig bitten lassen. Wenn ich dagegen den Führerschein mache, habe ich relativ gute Chancen, den alten Golf von meiner Mutter zu kriegen. Die möchte nämlich eigentlich den Mercedes von meinem Opa, den er nicht mehr fährt, aber in der Garage ist nur Platz für zwei Autos. Und wir haben schon ein paar Mal darüber gesprochen, dass ich den Golf dann haben könnte. Tanken sollte eigentlich auch irgendwie gehen. Wenn ich zu Hause bin, kann ich mit meinen Eltern tanken gehen, und die paar Male, die ich dann da, wo ich studiere, selber tanke, sind auf jeden Fall günstiger, als wenn ich mir immer Bahntickets kaufen muss.

Ich muss außerdem auch aufpassen, dass die Leute von der SPD-Fraktion nicht mitbekommen, dass ich auch ein paar Mal bei Treffen von der JU war. Ich bin da zwar nicht Mitglied, und bei den Jusos auch nicht. Ich persönlich finde es auch voll okay, sich das alles mal anzugucken. Und ich bin bei der JU ja auch nur ein paar Mal gewesen, eigentlich letztlich um Moritz zu gefallen, der gerade Abi machte, als ich aus den USA wiederkam, und mit dem ich mich einige Male in dem Café gegenüber der Schule sehr interessant über Politik unterhalten hatte. Ich hatte die FAZ vom Tag vorher dabei, die ich mir zu Hause oft mitnahm, wenn ich an dem Tag eine Freistunde hatte, und so kamen wir ins Gespräch, weil er mich fragte, ob er den Politikteil haben dürfte. Im Anschluss unterhielten wir uns, und mich beeindruckte vor allem, und das war auch der eigentliche Grund, warum ich ein paar Wochen später mit ihm zu einem Treffen der Jungen Union ging, die abgeklärte Ausdrucksweise, in der er über Politik sprach. »Wenn die AfD reinkommt, dann haben wir ein Problem«, »die SPD wird im Norden einige Direktmandate holen wegen Steinbrück«, »für die FDP wird's eng«, »die Grünen haben sich mit ihrem Veggie Day ein dickes Eigentor geschossen« und so weiter. Das klang so völlig anders als der Politikunterricht von Frau Hertz, wo es immer nur um die vier Säulen der sozialen Marktwirtschaft, diagonale Gewaltenteilung und das Initiativrecht des Bundestages ging, und ungleich interessanter. Wenn Moritz und seine Freunde über Politik sprachen, klangen sie dagegen am ehesten noch wie Fußballtrainer. Und zwar wie die alte Garde, Huub Stevens oder auch Ernst Meyer, nicht wie Löw oder Tuchel, sondern eben wie Leute, die Fußball in einfachen, konkreten Worten erklären, »hinten dicht stehen, nichts zulassen, vorne Druck machen und früh draufgehen, und am Ende vorne einen mehr machen, als wir hinten reinkriegen«.

Aber ich glaube eben, die Leute bei der SPD sind ziemlich radikal und lassen mich wahrscheinlich nur noch Scheißjobs machen, wenn sie rauskriegen, dass ich kein tausendprozentiger Genosse bin. Der Freund von meinem Vater, der mir das Praktikum organisiert hat, ist zwar ein ziemlich entspannter Typ, der hat zwei Oldtimer und ein Haus in der Schweiz und macht auch immer Witze über »die Genossen«. Aber ich glaube, der ist eher die Ausnahme als die Regel.

Max braucht recht lange und kauft dann schließlich zusätzlich zur Bild auch noch eine El Pais. Um Spanisch zu lernen, wie er sagt.

Oben bei meinem Onkel und meiner Tante ist eine wunderbare Ruhe. Der Blick über die gesamte Küste ist phantastisch. Mein Onkel erzählt immer, was für tolle Angebote sie jedes Jahr für das Haus bekommen, die er aber alle immer ausschlägt, denn der richtige Moment ist noch nicht gekommen.

Ich stelle mich in den Garten und schaue runter, man sieht das Nubia nicht direkt, weil der Berg zu steil ist, aber man kann erahnen, wo es ist. Ich frage mich, welchen Blick Penelope wohl aus ihrer Wohnung hat, wenn überhaupt einen, und wie sie wohnt. So weit von hier kann es nicht sein, unten am Supermarkt kann man drei verschiedene Straßen hochfahren, wir müssen rechts, sie ist in die mittlere gefahren, aber die führen alle grob in die gleiche Richtung. Wahrscheinlich wohnt sie einfach weiter den Berg hoch und dann auf der anderen Seite wieder runter in einem normalen spanischen Dorf. Oder wer weiß, vielleicht ist sie auch gar nicht nach Hause gefahren. Aber den Gedanken finde ich nicht so schön und vor allem merke ich irgendwie: Ich will wissen, was sie macht, wo sie wohnt, wer sie ist und so weiter. Jedes Minidetail löst sofort eine Reihe von Deutungsversuchen aus, wie die Badehose. Freund, Vater, Bruder, keine Ahnung, aber bei allen anderen Badehosen, die ich heute gesehen habe, habe ich mir über die Frage, wem sie gehören, nicht die geringsten Gedanken gemacht.

Wir essen zu Abend, heute mal wieder mit meiner Tante und meinem Onkel. Max und mein Onkel unterhalten sich über Fußball. Ich suche bei Facebook Penelope, finde aber natürlich nichts.

Ich gehe zum Pool runter. Den teilen sich die anderen Häuser des Komplexes mit meiner Tante und meinem Onkel, aber es ist meist nur tagsüber etwas los. Dabei stelle ich mir vor, Penelope im Arm zu haben und ihr auf Englisch zu erklären, dass sich den Pool die verschiedenen Parteien des Komplexes teilen, dass aber meist nur tagsüber etwas los ist. Ich lege mich auf eine Liege und hole mein Handy raus. Ich frage mich, wann Jana wohl von meinem Sperrbildschirm verschwinden wird und ob ich das dann eigentlich bewusst wahrnehmen werde.

Ich muss an meinen Urlaub mit ihr denken. Eigentlich ist es komisch, dass wir, obwohl wir nur so kurz zusammen waren, von Anfang September bis kurz nach dem Abi, zusammen im Urlaub waren. Ich kenne wenige Paare, die nach zwei oder drei Monaten schon in den Urlaub fahren. Max sagt, er hätte überhaupt keinen Bock, mit seiner Freundin in den Urlaub zu fahren, wenn er eine hätte. Weswegen er ja vielleicht jetzt auch mit mir hier ist und nicht mit einer Freundin. Aber Jana und ich sind zusammen in den Urlaub gefahren. Über Silvester sogar. Ihre Mutter hatte sich kurz vor Weihnachten von ihrem Vater getrennt. Sie hatte schon ziemlich lange eine Affäre mit einem Typ, Markus Scheidtmann, der als Unternehmensberater ziemlich viel Geld verdiente. Der hat ihr auch immer Klamotten gekauft. Janas Vater hat sie dann erzählt, sie hätte mit ihren Freundinnen einen Kleiderkreisel organisiert, also so eine Art Tauschbörse. Da muss man schon sagen, dass der Vater, der natürlich eine arme Sau ist, aber dass der auch schon ein ziemlicher Trottel gewesen sein muss, was diese Sache angeht jedenfalls. Weil Janas Mutter eigentlich überhaupt keine Freunde hat, sagt Jana, und man glaubt es auch irgendwie direkt, wenn man sie trifft. Sie ist schon cool, oder eher tough, aber dass sie mit irgendwelchen Freundinnen beim Kaffee zusammensitzt und sagt: ›Ja genau, Ulrike, du nimmst von mir den silbernen Bulgariring und die Tod's, und dafür krieg ich dein altes Cocktailkleid von YSL‹, das kann man sich beim besten Willen nicht vorstellen. Und wahrscheinlich hat ihr Vater natürlich auch geahnt, dass was faul war, aber er wollte sie eben nicht verlieren. Zwei Tage vor Weihnachten ist das Ganze dann eskaliert, weil Janas Mutter aus Versehen oder mit Absicht, das ist nicht aufklärbar, jedenfalls im Kleiderschrank von ihrem Mann das für sie vorgesehene Weihnachtsgeschenk gefunden hat: einen Akkubohrer. Wie der Vater auf die Idee gekommen ist, seiner Frau einen Akkubohrer zu schenken, ist mir völlig schleierhaft, vielleicht wollte er auch noch was anderes dazukaufen, Parfüm oder eine Reise vielleicht.

Auf jeden Fall ist Janas Mutter völlig ausgerastet. Als ihr Vater an diesem 22. Dezember, einem Dienstag, aus dem Büro kam, er hatte wohl auch noch Weihnachtsfeier an dem Tag, von der er aber früher weggegangen war, um den Baum aufzubauen, der Vater also, nicht völlig betrunken, aber eben schon leicht angetrunken, so gegen neun nach Hause kam, hatte die Mutter ihre Sachen gepackt, aber so, dass der Vater das von außen nicht sehen konnte. Sie stand dann mit dem Akkubohrer in der Haustür, neben der Haustür der Weihnachtsbaum noch in dem weißen Netz, und schrie völlig wahnsinnig, und wahrscheinlich hatte sie auch schon ein paar Kümmerling getrunken, die trinkt sie nämlich immer, schrie jedenfalls: »Sag mir nicht, dass der Akkubohrer für mich ist! Wage nicht, mir zu sagen, dass der Akkubohrer für mich ist.« Der Vater war völlig perplex und wollte sie in die Tür schieben. Aber sie wich keinen Zentimeter zurück, und er sagte: »Schatz, jetzt geh erstmal rein, ich erklär dir das dann alles.« In dem Moment ist die Mutter dann völlig ausgetickt, obwohl sie ja schon vorher auf hundertachtzig war, weil sie durch das »Ich-erklär-dir-das-dann-alles« realisierte, dass der Akkubohrer tatsächlich für sie war. Sie hat dann den Akkubohrer auf das Auto von Janas Vater geworfen, das in der Einfahrt stand und seitdem einen kleinen Lackkratzer über der hinteren rechten Tür hat, und dazu gesagt: »Paul, ich gehe, es ist vorbei mit Schatz, deinen Akkubohrer kannst du dir übermorgen in den Ofen schieben und mit Käse überbacken in den Arsch stecken.« Der Vater sagte noch: »Manu, jetzt warte mal«, aber dann ging alles ziemlich schnell, weil Janas Mutter eben ihre Sachen schon gepackt hatte und die hinter der Tür standen. Sie ist dann mit ihrem Mini, bei dem ich mich inzwischen frage, ob nicht Markus Scheidtmann ihr zu dem auch was dazugetan hat, weggefahren, wahrscheinlich zu Markus Scheidtmann. Ich stand während der ganzen Sache mit Jana im Türrahmen von ihrem Zimmer, und sie war komplett paralysiert. Ihrer Mutter war es, glaube ich, zu dem Zeitpunkt völlig egal, wer sie hörte und wer nicht. Ihrem Vater wäre es wahrscheinlich peinlich gewesen, wenn er gemerkt hätte, dass ich da war, aber er ist dann ins Wohnzimmer und hat sich in den Fernsehsessel gesetzt, und in dem Moment bin ich raus.

Markus Scheidtmann hatte eine Wohnung in Verbier in der Schweiz. Mit wem er da früher immer hingefahren ist, weiß ich nicht, denn Familie hat er keine, vielleicht mit Freunden oder den Affären, die er vor Janas Mutter hatte, oder vielleicht hatte er die Wohnung auch einfach als Geldanlage und sie vermietet. Jedenfalls fragte er Janas Mutter, als sie zwei Tage vor Weihnachten plötzlich bei ihm auftauchte, natürlich direkt, ob sie Lust hätte, mit ihm über Weihnachten und Silvester nach Verbier zu fahren. Janas Mutter konnte dazu dann schlecht Nein sagen, und vielleicht hatte sie auch Lust, nach Verbier zu fahren, ich weiß es nicht. Auf jeden Fall fuhren die beiden am nächsten Tag nach Verbier und Jana feierte Weihnachten mit ihrem Vater. Aber am 27. Dezember rief Janas Mutter bei ihr an und meinte, sie müsste auf jeden Fall nach Verbier kommen, es sei so toll. Ob es wirklich so toll war, wage ich im Nachhinein zu bezweifeln, vielleicht war ihr auch einfach langweilig mit Markus Scheidtmann alleine oder sie war neidisch auf ihren Mann, dass er nun plötzlich mit Jana alleine feiern durfte und sie den ganzen Tag mit Markus Scheidtmann in einer Holzhütte in Verbier ficken musste, während sie ja eigentlich auf Familienweihnachten schon Lust gehabt hatte, wie sie sich vielleicht im Nachhinein dachte, nur eben die Sache mit dem Akkubohrer das Fass zum Überlaufen gebracht hatte. Auf jeden Fall bestand sie sehr nachdrücklich darauf, dass Jana für Silvester nach Verbier kommen sollte. Jana wiederum hatte da eigentlich zuerst überhaupt keine Lust drauf. Sie hatte Markus Scheidtmann zwar schon mal kennengelernt. Auch ihr Vater kannte ihn, Janas Mutter hatte ihn öfter nach Hause eingeladen. Und sie fand ihn eigentlich auch gar nicht so schlimm und konnte jetzt im Nachhinein schon auch verstehen, was ihre Mutter an ihm gut fand, denn er war nicht nur finanziell erfolgreich, sondern auch ein gewinnender Typ, während Janas Vater finanziell nicht so wirklich erfolgreich war und auch sonst ein bisschen uncool. Er achtete zum Beispiel immer peinlich genau darauf, dass alles aufgeräumt war. Gleichzeitig tat er selbst häufig nichts, sondern kam zum Beispiel in die Küche in seiner Cordhose und seinem Pullunder, während ich dort mit Jana und ihrer Mutter saß, und sagte: »Es ist in diesem Haus sicher jemandem aufgefallen, dass der Gartenschlauch nicht aufgerollt ist«, anstatt einfach selber den Gartenschlauch aufzurollen.

Trotzdem hatte Jana zuerst keine Lust. Aber am nächsten Tag rief ihre Mutter wieder an und verlangte wieder, dass Jana »runterkomme«, wie sie sich ausdrückte, geographisch runter nach Verbier also. Und weil Jana ein guter Mensch ist, sagte sie natürlich nicht Nein, sondern: »Okay, gut, unter einer Bedingung: Freddy kommt auch mit.« Und Markus Scheidtmann sagte direkt Ja, weil er natürlich wahrscheinlich dachte: ›Wenn der Freund dabei ist, hab ich mehr Zeit mit ihrer Mutter‹.

Ich selbst hatte keine großen Pläne für Silvester. Das war mir vor Jana einen Tick unangenehm, weil ich dachte, dass es eigentlich schon cool wäre, für Silvester einen Plan zu haben. Aber ich hatte ihr dann gesagt, ich wollte die Zeit nutzen, um fürs Abi zu lernen. Und das war eine gute Entschuldigung, sich nicht darum zu kümmern, etwas zu organisieren.

Ich hatte zuerst auch nicht so richtig Lust, nach Verbier zu fahren. Mir war etwas komisch bei dem Gedanken, mit Jana eine Woche lang jeden Tag zusammen zu sein. Ich war natürlich verliebt, aber trotzdem ist es im Alltag einfach anders als im Urlaub: Man sieht sich vier- oder fünfmal die Woche, vielleicht an den Wochenenden länger. Man unternimmt auch Sachen zusammen. Aber letztlich spielt sich ein Großteil des Lebens immer noch alleine oder eben jedenfalls nicht mit Jana ab. Man kann zum Beispiel, beziehungsweise ich kann, wenn ich abends mit Eddi, dem Hund meiner Eltern, rausgehe und dann bei Jana klingele, ihr erstmal erzählen, was ich den Tag über so gemacht habe. Das ist nicht unbedingt immer megaspannend, aber immerhin kann ich ihr was erzählen. Dann kann sie mir erzählen, wie ihr Tag war. Auch das ist nicht unbedingt immer megaspannend, vor allem, weil Jana ja ein Jahr jünger ist als ich, also in die elfte Klasse ging und also viele Dinge erlebte, die ich selbst auch schon erlebt hatte und bei denen ich wusste, was passiert. Aber grundsätzlich ist es eben so, dass ich, wenn wir zu Hause waren, schon wusste, worüber ich mit Jana reden kann. Wenn wir aber dann zusammen in Urlaub fahren, dachte ich, geht das natürlich nicht, denn dann sitzen wir da in der Hütte und gehen vielleicht Skifahren oder auch spazieren. Aber dann kann ich Jana ja abends nicht erzählen: »Jana, ich war heute Skifahren.« Denn das war sie dann ja auch und weiß es also.

Aber anders als Markus Scheidtmann, der nicht alleine nach Verbier fahren wollte und deshalb Janas Mutter mitnahm, und Janas Mutter, die nicht alleine mit ihm in Verbier Silvester feiern wollte und deshalb Jana anrief, und Jana, die nicht alleine mit ihrer Mutter und Markus Scheidtmann in Verbier Silvester feiern wollte und deshalb mich mitnehmen wollte, gab es für mich eben niemanden, den ich mitnehmen konnte. Denn es wäre auch komisch gewesen, irgendeinen Freund zu fragen, ob er mit der Mutter von meiner Freundin und ihrem neuen Freund und mit uns beiden in den Skiurlaub fahren will. Das Einzige, was ich kurz überlegt hatte, war, Eddi mitzunehmen, den ich ja auch abends zu Jana nicht immer nur mitnahm, weil er raus musste, wie ich Jana erzählte (ich wartete manchmal sogar, bis mein Vater vom Joggen zurück war, und nahm Eddi dann gleich wieder mit), sondern auch um nicht komplett mit ihr allein zu sein. Markus Scheidtmann, Janas Mutter und Jana hätte das wahrscheinlich noch nicht mal so gestört, außer wenn einer von ihnen eine Hundehaarallergie gehabt hätte, was ich nur für Jana sicher ausschließen kann. Und ich hätte mir ja auch irgendwas ausdenken können: zum Beispiel, dass das jetzt alles etwas plötzlich kam, was ja auch stimmte, und dass ich meinen Eltern versprochen hätte, über Silvester auf Eddi aufzupassen, und dass ich zwar supergern mitkommen würde, aber eben nur mit Eddi. Dann hätte ich zwar ein bisschen darauf achten müssen, dass Jana meine Eltern nicht fragt: »Wie war denn Ihr Silvesterkurztrip nach Belgien?«, während meine Eltern natürlich, wie in allen Jahren vorher auch, Dinner for One geguckt hätten mit meiner Oma und danach Bleigießen gemacht hätten; mein Vater dann pflichtschuldig die kleinste Packung Raketen vom Rewe im Garten verballert hätte, immer so unmotiviert und schluderig, dass ich glaube, dass es Absicht war, ich glaube, er wollte insgeheim, dass die Sektflasche mit der entzündeten Rakete drin umfällt und dann direkt bei den Nachbarn gegen die Hauswand knallt, aber er konnte natürlich mit meiner Oma und meiner Mutter und mir daneben nicht einfach die Rakete in die Hand nehmen und waagerecht übers Grundstück auf das Haus der Nachbarn schießen. Und dann nach diesem kurzen Ausflug in den Garten um halb eins Herr Wiesstreit vor der Tür gestanden hätte, mit seiner alten E-Klasse, Herr Wiesstreit, der früher Taxifahrer war, inzwischen aber auch schon über siebzig ist und der sich ein bisschen was zu seiner Taxifahrerrente dazuverdient, indem er alte Damen, wie zum Beispiel meine Oma, die Angst hat, von jungen Taxifahrern überfallen zu werden, spätabends noch nach Hause fährt, vor allem an Weihnachten und Silvester, wenn es schwer ist, ein Taxi zu bekommen. Herr Wiesstreit hätte dann zu meiner

Oma gesagt: »Frohes Neues Jahr, Frau Doktor Haubrich«, was in mehrfacher Hinsicht nicht stimmte, denn weder hatte meine Oma jemals einen Doktortitel gehabt, und auch mein Opa, der ja schon seit mehreren Jahren tot ist, war nie Doktor gewesen, aber eben Rechtsanwalt, weswegen er für Herrn Wiesstreit automatisch auch Doktor war. Meine Oma hätte dann etwas überrascht gesagt: »Ja, Herr Wiesstreit, Ihnen auch ein Frohes Neues«, und mit der leichten Überraschtheit in der Stimme drückte meine Oma aus, dass es eigentlich etwas komisch war, dass sie Herrn Wiesstreit, mit dem sie nichts näher verband, außer eben dass er sie zuverlässig jedes Jahr an Weihnachten und an Silvester bei uns abholte, bereits um 0.30 Uhr ein Frohes Neues Jahr wünschte, zu einer Zeit also, zu der sie vielen Leuten, die ihr näher standen als Herr Wiesstreit, noch kein Frohes Neues Jahr gewünscht hatte, es aber gleichzeitig natürlich auch keinen Grund gab, Herrn Wiesstreit allein deshalb kein Frohes Neues Jahr zu wünschen.

Aber es wäre eben komisch gewesen, meinen Eltern gegenüber, Eddi mitzunehmen, wenn ich mit Jana in Urlaub fahre. Meine Mutter hätte sich wahrscheinlich vor mir aufgebaut, Hände in den Hüften, und gesagt: »Ich glaub, es hackt, erst kommst du hier drei Tage vor Silvester an und willst hundertzwanzig Euro für ein Zugticket in die Schweiz, Papa soll dich zum Bahnhof fahren, und jetzt willst du auch noch unseren Hund mitnehmen in einen Urlaub mit deiner Freundin, da bin ich aber jetzt mal auf deine Erklärung gespannt.« Und dann hätte ich zwar theoretisch sagen können: »Guck mal, Mama, ich habe einfach Angst, dass ich mir mit Jana nicht 24 Stunden am Tag was Interessantes zu erzählen habe. Ich habe da wirklich Angst vor. Und wenn ich jetzt Eddi mitnehme, ist das natürlich für Eddi etwas anstrengend, aber wenn ich dann mit Jana beim Abendessen sitze und es tritt eben diese Stille ein, dann könnte ich mich kurz wegdrehen und sagen: ›Eddilein, na wie geht's dir denn heute, wie war denn dein Tag?‹ Dann könnte ich ihn auf den Schoß nehmen, so wie Opa das auch immer macht, und ihm ein bisschen Salami oder Fleischwurst geben. Dann würde Jana etwas streng gucken und sagen: ›Na, na, na, so geht das aber nicht‹, so wie Oma das auch immer sagt, dann würde ich Eddi wieder auf den Boden setzen und hätte einfach mal eine Minute gehabt, in der ich mir nicht die ganze Zeit überlegen muss, was ich als Nächstes zu Jana sage.« Darauf hätte meine Mutter wahrscheinlich in der ihr eigenen Direktheit, in der sie Janas Mutter ähnelt, gesagt: »Wenn du dir mit deiner Freundin so wenig zu sagen hast, solltest du dir vielleicht überlegen, ob es die richtige Freundin ist.« Dann hätte es zwischen meiner Mutter und mir eins zu eins gestanden. Und dann hätte ich sagen können: »Mama, so groß ist der Unterschied gar nicht. Papa geht auch immer mit dem Hund raus, wenn er keinen Bock auf dich hat, meistens weil ihr euch gestritten habt. Und während eben nach einem solchen Streit bei Papa und dir sozusagen ein aggressives Sich-nichts-zu-sagen-Haben entsteht, das dadurch gelöst wird, dass Papa mal kurz mit Eddi rausgeht, dann wiederkommt und ihr euch wieder vertragt, so gibt es eben bei Jana und mir manchmal ein defensiv-stilles Sich-nichts-zu-sagen-Haben, und genau wie Papa will ich einfach nur versuchen, dem zu entgehen, zum langfristigen Wohle unserer Beziehung, wie Papa einmal gesagt hat, bevor er mit dem Hund rausging: ›Zum langfristigen Wohle unserer Beziehung geh ich jetzt mal mit dem Hund raus, und du überlegst dir, was du da gerade zu mir gesagt hast‹, und danach habt ihr euch ja auch wieder vertragen.« Aber das hätte meine Mutter wahrscheinlich nicht verstanden, und deswegen habe ich gar nicht erst versucht, Eddi mitzunehmen.

Der Urlaub selbst war dann für mich ziemlich entspannt, weil Markus Scheidtmann einfach alles bezahlt hat. Skier, Skipass, Bier auf der Hütte, Essen im Restaurant abends, einfach alles. Die Geschichte mit Janas Mutter ging, glaube ich, eben schon ziemlich lange und er hatte sich wahrscheinlich schon daran gewöhnt, immer für alles zu bezahlen. Und wahrscheinlich war es auch so, wie ich einmal auch beobachtete, dass nämlich, wenn Janas Mutter und Markus Scheidtmann ihre Momente hatten, in denen sie sich nicht so viel zu sagen hatten, eben kein Hund gestreichelt wurde, sondern Geld ausgegeben wurde. Er zum Beispiel, wenn am Abendessenstisch das Gespräch stockte, sagte: »Manu, willst du nicht nochmal im Internet nach Flügen nach Miami gucken?«, was Janas Mutter dann auch machte. Ob ihr sowas wirklich so wichtig war, weiß ich nicht. Ich hatte sie früher nie als jemanden wahrgenommen, der große materielle Ansprüche hatte. Sonst hätte sie ja auch Janas Vater nicht geheiratet. Aber ich glaube, sie war von ihm einfach so lange mit mickrigen Weihnachtsgeschenken und langweiligen

Urlauben malträtiert worden, dass sie es jetzt auch ein bisschen genoss, von Markus Scheidtmann verwöhnt zu werden.

Und außerdem war es auch so, dass sich alle gern mit mir unterhielten. Markus Scheidtmann unterhielt sich natürlich auch mit Janas Mutter, aber das mehr, wenn die beiden allein waren. Mit Jana hatte er ein bisschen Berührungsängste. Das konnte ich verstehen, denn er dachte natürlich, dass er der Grund sei, warum Janas Vater alleine zu Hause Silvester feiern musste, weil er natürlich dachte, Janas Mutter sei final zur Vernunft gekommen und hätte sich endlich für den besseren Kandidaten entschieden, während die Entscheidung eigentlich, aber das wusste natürlich Markus Scheidtmann nicht, vielmehr eine Entscheidung gegen Janas Vater gewesen war. Janas Mutter wusste wahrscheinlich, als sie in ihrem Mini davonbrauste, noch gar nicht, wo sie hinfahren würde, vielleicht auch zu ihrer Mutter oder zu einer Freundin oder gegen einen Baum; letzteres verwarf sie aber schnell wieder und realisierte dann, dass nur Markus eine realistische Option war, insbesondere mit Blick auf die anstehenden Festtage.

Janas Mutter vermied es, sich vor Jana und mir zu lange mit Markus Scheidtmann zu unterhalten, weil sie vielleicht Jana nicht vor den Kopf stoßen wollte, oder eben, weil die neue Rolle für sie noch ungewohnt war und sie sich erst finden musste. Mit Jana unterhielt sie sich auch nicht so viel, weil das komisch gewesen wäre, denn dann hätten sich die beiden unterhalten, die sich natürlich mit Abstand am längsten kannten, wohingegen ich und Markus Scheidtmann beziehungsweise Markus Scheidtmann und ich uns selbst überlassen gewesen wären, und da hatte Janas Mutter ein feines Gespür für, dass das komisch gewesen wäre.

Jana wiederum war ziemlich durch den Wind, sie war diszipliniert-freundlich zu Markus Scheidtmann, aber hätte sich jetzt auch nicht zu zweit mit ihm unterhalten, vor allem weil Markus Scheidtmann leider am ersten Abend nach ein paar Wein – und wahrscheinlich auch, weil er ein bisschen aufgeregt war – rausrutschte, dass auch ihm natürlich nicht entgehen konnte, dass Jana eine attraktive junge Frau war. Er meinte das, glaube ich, gar nicht anzüglich, aber ihm rutschte irgendsowas raus wie: »Wer so eine schöne Tochter hat, der …« Es war ihm sofort extrem unangenehm, das konnte man merken, denn er sagte direkt: »Schöne Töchter haben schöne Mütter«, aber es war nicht mehr zu retten. Vielleicht hat er deshalb ab da alles bezahlt. Aber jedenfalls unterhielt sich auch Jana am liebsten mit mir. Und so war ich der Einzige, mit dem sich alle wirklich unbefangen unterhielten.

Ich gehe wieder hoch. Mein Onkel, meine Tante und Max spielen Stadt-Land-Fluss. Es gibt in der offiziellen deutschen Schreibweise nur zwei Länder auf der Welt mit H: Haiti und Honduras. Die Frage ist allerdings, mit wem man spielt, denn es kann schwierig, unhöflich oder auch arrogant sein, jemandem zu erklären, dass Holland auf Deutsch Niederlande heißt. Man muss sich manchmal beherrschen beim Stadt-Land-Fluss, wenn man so ein Geographienerd ist wie ich. Mein Vater fand es immer uneingeschränkt klasse, wenn ich mit Kombinationen wie Ouagadougou-Oman-Orinoko kam, aber viele Leute gucken auch einfach nur komisch. Ein anderes Thema, gerade wenn man mit älteren Leute spielt, ist die Verwendung von Städtenamen wie Hermannstadt oder Preßburg. Man kann, wenn man darauf besteht, dass Holland nicht geht, nur mit sehr intelligenten Mitspielern argumentieren, dass Preßburg trotzdem nicht geht. Mein Onkel überrascht mich mit Oakland-Ost-Timor-Ob. Bei B bringe ich es nicht übers Herz, meine Tante darauf hinzuweisen, dass Bali leider keine Punkte gibt, dafür guckt sie zu stolz.

Penelope hat zurückgeschrieben. Relativ schnell sogar, ich sehe es bloß erst jetzt im Bett, weil mein Akku aus war. Jana hätte die Antwort vor sich hergeschoben bis kurz vor dem Einschlafen, schätze ich, aber Penelope scheint da straighter zu sein. Sie fand es auch »fun«, mich zu treffen, und auf meinen Vorschlag »Let's hang out some time« sagt sie: »Yes, that would be cool.« Ich starre noch lange auf die Nachricht und schlafe dann irgendwann ein.

IV.

Ich wache viel zu früh auf. Bis Max zu gebrauchen ist, sind es noch mindestens drei Stunden, und auch mit meiner Tante ist nicht vor acht zu rechnen. Ich setze mich auf die Terrasse und schaue der Sonne beim Aufgehen zu. Dabei lege ich meinen Kopf auf die Knie, die ich ganz dicht rangezogen habe. So bleibe ich bestimmt zehn Minuten lang sitzen und schaue in die aufgehende Sonne. Dann hole ich meinen Laptop und gucke die Tagesschau von gestern.

»In der spanischen Exklave Melilla ist es erneut zu Versuchen von afrikanischen Migranten gekommen, die Befestigungszäune der Stadt zu überwinden«, sagt die Sprecherin. Ob erfolgreich oder nicht, wird nicht erwähnt. Mir fällt auf, dass das von hier ja gar nicht so weit ist. Und dass die Strecke rein von der Entfernung her sogar schwimmend zu schaffen sein müsste. Es sei denn, die Strömung drückt einen entweder tiefer ins Mittelmeer hinein oder hinaus in den offenen Atlantik. Da war etwas mit Strömung in *Das Boot*.

Und plötzlich weiß ich, was ich machen muss, um Penelope zu kriegen: einen Ausflug mit ihr nach Marokko.

Wenn wir uns hier treffen, wird das maximal auf einen coolen Abend hinauslaufen, an dem wir was trinken gehen, uns nett unterhalten, vielleicht noch in einen Club gehen, vielleicht sogar rumknutschen, aber mehr sicher nicht. Wie auch? Hier geht nicht, ich teile mir mit Max ein Zimmer. Meiner Tante zu sagen: »Sorry, Martina, ich brauch mal kurz euer anderes Zimmer, ich muss eine Spanierin ficken«, wird wohl nicht funktionieren. Es kann nur klappen, wenn wir einen Ausflug nach Marokko machen. Einen Tag rüber und den nächsten Tag zurück. Übermorgen Abend um zehn fliegen wir. Also entweder heute oder morgen. So lange kann das nicht dauern, da rüberzufahren. Und irgendeine Stadt, die es sich lohnt zu besichtigen, wird es da drüben schon geben, zur Not eben Melilla.

Ich schaue mir die marokkanische Küste bei Google Maps an, und dann die am interessantesten aussehenden Städte bei Wikipedia. Meine Wahl fällt schließlich auf Tanger.

In den 1960er- und 70er-Jahren erlebte Tanger einen politischen und ökonomischen Niedergang, jedoch eine zweite literarische Blüte als »Mekka« von europäischen und amerikanischen Schriftstellern der neu entstandenen Popliteratur. Paul Bowles, Jane Bowles, Tennessee Williams, Jack Kerouac, Muhammad Asad, Truman Capote und William S. Burroughs waren nur einige von ihnen.

Meiner Tante und meinem Onkel zu sagen, dass wir für zwei Tage nach Tanger fahren, dürfte das kleinste Problem werden. Schwieriger ist die Frage, wen ich als Erstes frage. Wenn ich Max als Erstes frage und Penelope dann nicht mitkommt, was immer noch sehr wahrscheinlich ist, wie mir in einem kurzen lichten Moment klar wird, dann muss ich mit Max nach Marokko fahren, obwohl ich das ja eigentlich mit Penelope machen wollte. Und ich weiß gar nicht, ob ich so viel Lust hab, mit Max alleine nach Marokko zu fahren. Wenn ich Penelope als Erstes frage und Max dann nicht mitwill, dann, ja, dann, fällt mir auf, dass ich dann noch nicht einmal bis zur Fähre komme, denn ich kann ja schlecht Penelope fragen, ob wir auf ihrem Roller zur Fähre nach Marokko fahren, um dann nach Marokko zu fahren. Wenn, dann muss das ein komplett von mir organisierter All-inclusive-Trip werden für sie, bei dem sie einfach nur mitkommen muss und sich fallen lassen kann in die starken Arme des Großorganisators und Visionärs Freddy Haubrich. Also Max zuerst fragen. Vielleicht sollte Max seine Spanierin auch fragen, sonst ist er das dritte Rad am Wagen, was blöd sein könnte.

Es gibt alle zwei Stunden eine Fähre von Tarifa nach Tanger. Die Fahrt dauert eine Stunde und 25 Minuten. Hotel in Marokko kann auch nicht so viel kosten. Ich merke, dass man das wirklich machen könnte. Und ich merke, dass ich, je realistischer diese Idee wird, desto mehr Angst bekomme, dass Penelope nicht mit will. Ich frage Max, ob er einen Kaffee will, das habe ich zwar die letzten Tage nie gemacht, aber so kann ich ihn wecken und ihm von meiner Idee erzählen und ihn überzeugen, dass er mitkommt.

Es dauert eine gefühlte Ewigkeit, bis Max endlich angezogen aus seinem Zimmer kommt und sich zu mir auf die Terrasse setzt. Ich muss mich etwas beherrschen, ihn nicht einfach zu umarmen und zu sagen: »Max, wir fahren nach Marokko.« Aber es klappt. Er findet die Idee gut. Er will zwar eine Spanierin nochmal wiedertreffen, die er beim Weggehen kennengelernt hat, aber er sagt, dass er das auch am letzten Tag machen kann. Ich schlage ihm erstmal noch nicht vor, dass er sie auch fragt, ob sie mit nach Marokko kommt, das kann er immer noch spontan machen, falls Penelope tatsächlich mitkommt.

Und dann halt die Frage: Wie Penelope fragen? Anrufen scheidet aus, zu aufdringlich. Bei Facebook hab ich sie noch nicht, aber ihr da irgendwelche Links zu Tanger zu schicken ist wahrscheinlich auch eher kontraproduktiv, weil auch aufdringlich. Also eine gut formulierte SMS. Die hat sie ja gestern auch relativ schnell beantwortet.

»Hello.« Nein. »Good morning, Penelope, hope you slept well.« Nein. Erstens klingt »Good morning« anbiedernd, so als würde ich irgendwie einen Konsens herstellen wollen, auf Teufel komm raus, und dann wäre mir nichts anderes eingefallen, als dass es eben noch sehr früh ist. Außerdem weiß ich, wie gesagt, nicht, ob sie wirklich Penelope heißt. Und »hope you slept well« klingt auch anbiedernd. »Do you want to come to Morocco with us?« ist krass, könnte man aber irgendwie machen, aber zufrieden bin ich nicht. »Buenos días.« »Buenos días« ist gut. Das ist zwar auch anbiedernd, aber auf eine offene und naive Weise. Ein Mädel in Columbus, mit der ich ein paar Mal geschrieben habe, sie war etwas jünger als ich, begann ihre Nachrichten immer mit »Guten Morgen Herr Präsident«. Das waren die einzigen deutschen

Worte, die sie konnte. Und dass sie die für mich zusammenzog, sozusagen, so wie ein Feldherr seine Truppen zusammenzieht, das hat mich damals immer ziemlich geil gemacht. »Buenos días.« Ich denke schon wieder an »hope you slept well«, aber das ist kacke. Niemand mag Fragen, von denen man weiß, dass die Antwort den anderen nicht interessiert. »How are you?« »How are you?« ist besser. Das ist eine Höflichkeitsfloskel, und sie kann es einfach übergehen. Vielleicht ist ihr Englisch nicht so gut und dann fühlt sie sich verpflichtet zu antworten. Wobei, das war gestern vor dem Supermarkt eigentlich ziemlich gut. Aber das ist egal, direkt mit der Tür ins Haus fallen kann man ja auch nicht. »Buenos días, how are you?« Ne, auch nicht. Doch »Did you sleep well«? »How are you« bringt irgendwie so einen Abstand rein, der nicht passt. »My friend and I are going to Morocco.« Das muss natürlich irgendwo im Text untergebracht werden. Aber jetzt direkt? Irgendwie schon, alles andere wirkt dann auch komisch. Wenn man so eine wichtige Frage hat, sollte man damit direkt am Anfang kommen. Aber vielleicht »will go to Morocco«. Dann sieht es, wenn sie sagt, sie kann heute nicht, aber morgen, nicht so aus, als würden wir das Ganze ihretwegen um einen Tag verschieben. Was wir natürlich tun würden. Aber vielleicht vorher irgendwas einbauen, was sie erkennen lässt, dass ich auch nicht jeden Tag irgendein Mädel, das ich gestern kennengelernt habe, frage, ob sie mit mir nach Marokko fährt. Und vielleicht auch konkreter. Wenn Tanger wirklich so eine tolle Geschichte hat, sollte man das vielleicht auch einfach direkt sagen, »we're going to Tangiers«, nicht »we're going to Morocco«. »Buenos días. Did you sleep well? Maybe a little spontaneous, but my friend and I will be going to Tangiers.« »My friend and I will be going to Tangiers. Do you want to join?« »Wanna join?« »Wanna« ist nicht gut, das ist dann ein Deutscher, der amerikanischen Sprachslang schriftlich nachmacht, und wenn sie tatsächlich gut Englisch kann, dann merkt sie das, also »want to«. »Just for one night.« Das sollte rein, denn man weiß nie, wie sowas beim Empfänger ankommt, man selbst denkt immer: ›Klar, ich muss mich eindeutig ausdrücken, denn in einer Reihe möglicher Deutungen kämen auch verschiedene andere mögliche Deutungen in Betracht, und die muss ich ausschließen.‹ Aber der Punkt ist, dass für den Anderen, gerade wenn man ihn nicht kennt, oft auch komplett andere Deutungen möglich sind, die Reihe an Deutungen also vielleicht ganz woanders anfängt oder aufhört. Wenn ich ihr jetzt zum Beispiel schreibe: »My friend and I are going to Tangiers« und das »just for one night« weglasse, dann könnte, unwahrscheinlich, aber könnte sie eben auch denken, wir wandern aus, keine Lust mehr auf Europa, noch einmal kurz Tante und Onkel in Marbella besucht und das wars, jetzt Tanger, mal gucken, wie es weitergeht, und deswegen ist »just for one night« total wichtig.

»Buenos días. Did you sleep well? Maybe a little spontaneous, but my friend and I will be going to Tangiers. Do you want to join? Just for one night. Will be fun! Xx.«

Max findet es gut, schlägt noch vor zu schreiben: »and I really want to fuck you, you horny Spanish bitch«, nimmt einen Schluck Kaffee und zieht die Nase hoch. Senden.

Die Sonne steht schon ziemlich hoch. Ich lege das Handy vor mir auf den Tisch, strecke mich und fühle mich kurz innerlich ganz leer, aber total gut. Befreit. Mal sehen, was passiert. Ich gucke Max an, balle die Fäuste, spanne die Arme an und knurre kurz wie ein Kater, einfach weil ich aufgeregt bin und jetzt nach Marokko fahren will, mit Penelope.

Jetzt also warten auf ihre Antwort. Ich habe irgendwie keine Lust, heute ins Nubia zu fahren. Andererseits bin ich abergläubisch. Jetzt nur, weil Penelope vielleicht sagt: »Ja, ich komme mit«, den ganzen Tag nur rumzusitzen, damit man dann direkt losfahren kann, ist auch Quatsch und bringt sicher Unglück. Wir fahren zum Tennisplatz.

Ich verliere. Ich verliere immer, weil mir, glaube ich, so ein Loser-Gen fehlt, das mich auch noch dem alleraussichtslosesten Ball wie so ein Verrückter hinterherspringen lässt. Ich genieße es, schöne Bälle übers Netz zu hauen, aber wenn Max einen rüberhaut, den ich nicht kriege, dann hat er eben einen guten Ball rübergehauen und ich freue mich sogar ein bisschen für ihn. Und heute musste ich auch noch bei jedem Ball an Penelope denken. Ich hab mich da sicher auch bewusst ein bisschen reingesteigert. Wie man sich, glaube ich, am Anfang ins Verliebtsein immer auch ein bisschen reinsteigern muss, sonst klappt es nicht. Man macht das automatisch, ohne sich zu sagen: ›Jetzt steigere ich mich mal in die Idee rein, mit Jana Aufhaus nackt im Bett zu liegen‹. Aber ein Stück weit ist da schon etwas im Kopf, das sich ändert und das die andere Person innerhalb relativ kurzer Zeit von einem normalen, wenn auch natürlich begehrenswerten Menschen zum Fixpunkt des gesamten Denkens macht. Begehrenswerte Menschen gibt es ja schließlich wie Sand am Meer, meine Cousine ist auch ein begehrenswerter Mensch, aber ich käme mir bescheuert vor, wenn ich auf dem Tennisplatz stünde und bei jedem Ball, den ich übers Netz haue, denken würde: ›Für dich, Lara.‹ Aber genau so ist es mit Penelope. Ich kann keinen Ball mehr übers Netz hauen, keine Aufwärmdehnübung mehr machen und auch nicht unter der Dusche meinen Bauch anspannen, ohne mir Penelope vorzustellen, die mir dabei zuschaut und die diese verschiedenen Übungen gutheißt. Und das meine ich mit reinsteigern. Ich könnte das abstellen, will es aber nicht. Oder jedenfalls stelle ich mich dem Impuls nicht entgegen.

Zurückgeschrieben hat sie nach dem Tennis noch nicht. Aber dafür, als wir wieder bei meiner Tante und meinem Onkel ankommen. Max parkt gerade neben dem Bürgersteig rückwärts ein, ich schaue auf den gelb bemalten Bordstein. »Great idea, I am a little busy, but when do you want to go?« Ich stecke das Handy direkt wieder in die Tasche und atme dreimal tief durch. Dann sage ich zu Max so beiläufig wie möglich: »Sie kommt mit.« Er freut sich tatsächlich mit mir: »Megageil, dann können wir ja jetzt packen.« Ich erkläre ihm, dass es noch nicht ganz so konkret ist, dass sie erstmal nur gesagt hat, dass sie die Idee gut findet, und dass ich ihr noch nicht geschrieben habe, ob wir heute oder morgen fahren. Aber letztlich sind das ja alles Formalien. Ich entschließe mich, zehn Minuten zu warten und sie dann anzurufen. Jetzt mit ihr hin- und herzuschreiben, ob wir heute oder morgen fahren, bringt ja nichts.

Morgen Abend arbeitet sie in einer anderen Bar, aber bis dahin hat sie Zeit, muss nur die nächsten zwei Stunden noch irgendwas erledigen. Ich versichere ihr, dass wir morgen Abend auf jeden Fall zurück sein werden, dass es auf jeden Fall total cool wird, dass außerdem Tanger eine »amazing cultural history« hat und dass ich es deshalb, seit ich weiß, dass wir nach Marbella fahren, auf jeden Fall sehen will. Dass auch die »islamic tradition«, die sie ins Spiel bringt, natürlich schon für sich genommen ein Grund wäre, hinzufahren, dass ich »super excited« bin, dass wir schon nach Hotels gesucht haben und dass es alles ziemlich günstig ist. Ich frage mich kurz, ob Spanien eines der Länder ist, in denen Frauen von Männern erwarten, dass sie alles bezahlen, denke dann aber, dass eine Frau, die mit einem Typen, den sie gestern kennengelernt hat, heute nach Marokko fährt, auch das nicht so eng sehen wird. Ich sage noch, dass Max auch mitkommt, was ich ihr auch schon geschrieben habe. Dass es auch tolle Museen gibt, Musée de la Casbah, hoffentlich fragt sie nicht, was da ausgestellt wird, und dass es »so cool« wäre, wenn sie mitkommt. Dass ich weiß, dass das natürlich komisch ist für sie, weil wir uns kaum kennen, »but you seemed sympathetic and cool so I thought why not ask her«, und dass sie es sich überlegen soll, was mir spontan einfällt, ich will nicht zu pushy sein. Aber sie sagt direkt: »Yes, let's do it.« Ganz kurz frage ich mich, ob ich das unattraktiv finde, ihre jetzt ja doch sehr große Aufgeschlossenheit der Reise gegenüber, und die Tatsache, dass ich sie ja nun eigentlich überhaupt nicht überreden musste, verdränge den Gedanken aber schnell wieder.

Max hat schon von sich aus zuerst die Spanierin angerufen, die er beim Weggehen kennengelernt hat, die aber den Anruf wohl etwas komisch fand, und dann Zaida, mit der er sich schon ziemlich viel geschrieben hat und die wir auch beim Weggehen kennengelernt haben, die er aber nicht so geil findet wie die andere. Aber Zaida hat nichts zu tun und tatsächlich Lust mitzukommen. Vielleicht ist es auch gar nicht so ein Riesendeal für die Mädels, gerade wenn sie hier wohnen. Die Fähre fährt ja alle zwei Stunden. Vielleicht denken sie sich auch einfach: ›Wenn es kacke ist, fahren wir heute Abend wieder nach Hause.‹

Meine Tante leiht mir eine kleine Louis-Vuitton-Wochenendtasche. Dass sie mir die Tasche gibt, ist sehr lieb von ihr, denn ich habe nur den Koffer dabei, und dass sie von Louis Vuitton ist, finde ich zuerst komisch, aber dann nach ein paar Minuten ganz cool. Es kennt mich ja niemand in Marokko.

Wir holen Penelope an einer Bushaltestelle in einem relativ unscheinbaren Teil der Stadt Marbella ab. Sie steht vor dem Haltestellenhäuschen und ich sehe sie schon von weitem. Sie hat ein dunkelrotes Tuch um den Kopf, wahrscheinlich war sie schon mal in einem islamischen Land. Auch ansonsten sieht sie sehr gut aus, sie trägt eine helle Hose aus Leinenstoff, Birkenstocks, was irgendwie außerhalb von Deutschland sehr hip ist, und ein dunkelblaues Jeanshemd mit langen Armen, offen, darunter ein Feinrippunterhemd, das wieder von einem Mann kommen könnte. Aber vor allem trägt sie dieses dunkelrote Kopftuch, unter dem jedenfalls ich ihre sexuelle Strahlkraft noch viel stärker sehe, als wenn sie es nicht tragen würde. Das Tuch verhüllt eigentlich überhaupt nichts, es macht nur das Darunterliegende noch interessanter und begehrenswerter. Wie ein Bikini, in dem eine Frau ja auch begehrenswerter aussieht als komplett nackt. Unter dem Tuch sieht es so aus, als sei da eine eingeschnürte Sexualität, die raus will, die freigelassen, freigesetzt werden will. Sie ist die weibliche Version von einem Typ mit einer extrem engen Jeans und einem riesigen Schwanz drin. Sie hat außerdem einen kleinen Lederrucksack dabei, und ich denke kurz, dass ich in einem unbeobachteten Moment in den Rucksack gucken könnte, ob sie Kondome dabeihat. Sie setzt sich ins Auto. Vorn sitzt Max mit Zaida, die bei uns um die Ecke wohnt, und ich sitze mit Penelope hinten.

Zaida und Penelope verstehen sich auf Anhieb gut, sie reden Spanisch miteinander, aber ich habe nicht das Gefühl, dass sie über uns reden. Sie tauschen eher einfach Höflichkeiten aus. Es wirkt sehr nett, und für mich als Deutschen völlig ungewohnt, einfach komplett ansatzlos einem anderen Menschen zu sagen »Deine Haare sehen gut aus« oder »Ich mag deine Tasche«.

Wir parken das Auto in einem Parkhaus im Fährhafen von Tarifa im dritten Stock. Der Aufzug ins Erdgeschoss des Parkhauses ist riesig, so eine Art Lastenaufzug. Trotzdem kommt in den wenigen Sekunden im Aufzug diese Aufzugsstimmung auf, in der man grundlos loslachen möchte. »We're going down, Guys«, sagt Zaida aufgeregt und laut, während sie sich den Lippenstift nachzieht. Wir lachen und ich schaue Penelope an, die noch am leisesten lacht.

Auf dem Boot bestellt Max eine Flasche Cava für 99 Euro, die der Kellner aus einem verschlossenen Schränkchen holen und von einer Staubschicht befreien muss. Die Stimmung ist ziemlich gut. Wir wissen über die beiden Mädels eigentlich überhaupt nichts. Und die Flasche Cava ist insofern gut, als sie uns davon abhält, jetzt plötzlich damit anzufangen, ernsthafte Fragen an die Mädels zu richten, wie zum Beispiel »Why do you study business?« oder »What does your family do?«, sondern der Fluss mehr oder weniger guter Witze wird weitergehen. Wir machen Witze darüber, dass der Kapitän hoffentlich nicht so schlecht mit seinem Boot umgehen kann wie Max mit dem Up (meine Idee), Penelope besser nicht vor die Tür geht, weil dann ihr Kopftuch wegfliegt und die Marokkaner sie direkt verhaften werden (auch meine Idee), die im Hotel sicher fragen werden, ob wir verheiratet sind, wegen der Zimmer, und es dann komisch wird, wenn wir überhaupt nichts voneinander wissen (risikoreich, kommt aber gut an: Max' Idee), wir sagen könnten, wir sind vom Bordmagazin einer Fluggesellschaft und wollen Tanger angucken, weil wir vielleicht darüber schreiben wollen, und dann probieren könnten, wie viel wir umsonst kriegen (Penelopes Idee), wir genauso sagen könnten, wir seien ein Vortrupp der Nubia-Beach-Gruppe und wollten vielleicht eine Dependance in Tanger eröffnen (Zaidas Idee), was aber jedenfalls bei den »corrupt town officials« sicher nicht gut ankommt, weil die da alle schon mal waren und wissen, was das für ein dekadenter Laden ist (mein Einwand), oder sie finden es gut, gerade weil sie schon mal da waren (Max). Wir geben uns auf jeden Fall sehr viel Mühe, Spaß zu haben, und es klappt auch ganz gut. Als Penelopes Sektglas vom Schaukeln des Bootes auf den Boden fällt und zerspringt, stellt sich heraus, dass es nur vier Sektgläser an Bord gab. Den Rest des Cava trinkt sie aus einer weißen Kaffeetasse. An dieser Kaffeetasse hinterlässt ihr Mund einen rotlila Lippenstiftabdruck.

V.

Wir gehen in ein Hotel in der Nähe des Hafens, am Eingang zur Altstadt. Das sah im Internet am besten aus. Man schaut aus manchen Zimmern über den Hafen, und vor allem gab es viele Fotos, auf denen klassisch marokkanische Einrichtung gezeigt wurde: bunte Farben, Kacheln und Fliesen, Teppiche, eine Wasserpfeife und vieles mehr. Ich habe mich im Hinterkopf seit heute Morgen gefragt, wie wohl die beste Zimmeraufteilung ist, nicht erst seit Max' Witz auf dem Boot. Max und ich könnte im Sinne der Mädels sein, Penelope und ich ist zwar eigentlich in meinem Sinne, schafft natürlich aber auch einen gewissen Handlungsdruck. Max hat sicher auch nichts dagegen, mit Zaida ein Zimmer zu teilen. Ich könnte ja mal in die Runde sagen, dass es schwierig sein wird, wenn wir als zwei Jungs und zwei Mädels jeweils ein Zimmer nehmen, weil die Leute im Hotel dann denken, wir wären schwul beziehungsweise lesbisch, und dass deshalb Penelope mit mir und Zaida mit Max auf ein Zimmer gehen muss. Andererseits könnte das auch wieder komisch auf die Mädels wirken. Während wir die wenigen Minuten vom Hafen zum Hotel laufen, denke ich, dass ja vielleicht auch sie das Thema von sich aus ansprechen. Andererseits werden sie dann kaum sagen: »Lass uns Penelope und Freddy und Max und Zaida machen«, das würde viel Courage von ihnen verlangen. Sondern eben eher, dass sie sich ein Zimmer teilen und wir uns.

Kurz bevor wir da sind, dreht Max sich zu uns um, holt tief Luft, macht, während seine Tasche lässig über seiner Schulter hängt, eine gebieterische und beschwichtigende Geste mit beiden Händen, obwohl wir ihm ohnehin schon zuhören, und sagt: »Guys, we should think about how we split up the rooms.« Und dann erklärt er ganz sachlich und bestimmt, dass es leider keine andere Möglichkeit gibt, als dass Penelope mit mir in ein Zimmer geht und Zaida mit ihm, weil wir sonst kein Zimmer kriegen würden, weil in Marokko nur verheiratete oder zumindest verlobte Paare ein Zimmer teilen dürften. Ob das stimmt, keine Ahnung, aber das, muss ich sagen, fand ich immer geil an Max, dass er die Gabe hat, die Dinge mit einer absoluten Entschiedenheit zu formulieren, der man schlicht nicht widersprechen kann.

Wenn die Mädels was dagegen hatten, sagen sie es jedenfalls nicht. Vielmehr stimmen sie Max beide zu und übertreffen ihn dabei fast noch darin, mehr eine nüchterne Analyse der Gepflogenheiten im Hotelgewerbe in Marokko abzugeben, als die Tatsache zu kommentieren, dass es gerade sehr viel wahrscheinlicher geworden ist, dass wir alle heute Nacht Sex haben werden.

An der Rezeption des Hotels steht ein Marokkaner um die fünfzig in einer Art Gewand, von dem ich mir nicht sicher bin, ob es tatsächlich Landestracht Marokkos und sein eigenes ist, oder eher eine vorgeschriebene Kleidung für die Angestellten des Hotels, die dem Gast das Gefühl geben soll, hier the real thing gebucht zu haben. Er ist nicht der einzige Anwesende, es gibt ein paar Kofferträger, die sich aber, da wir kaum Gepäck haben und zu Fuß gekommen sind, nicht weiter um uns kümmern. Und es sind bei weitem auch nicht so viele, wie ich mir das ausgemalt hatte. Dafür kostet ein Doppelzimmer auch nur knapp fünfzig Euro.

Der Rezeptionist trägt unter dem Gewand ein rosa Polohemd. Er erklärt uns in monotoner Stimme und mit einem stark französisch klingenden Englisch, dass er leider nur verheirateten Gästen ein Zimmer geben könne. Ich stelle mich so, dass er meine Louis-Vuitton-Tasche sehen kann. Er sehe in unseren Pässen, dass wir nicht verheiratet seien, also frage er sich, ob wir möglicherweise verlobt seien. Wir antworten alle vier wie aus der Pistole geschossen: »Yes, we're engaged.« »On est fiancé«, schiebe ich noch sicherheitshalber hinterher.

Er macht auf seinem Formular ein Kreuzchen in einem Kasten, der wahrscheinlich für »verlobt« steht, und drückt dann ganz langsam einen riesigen grünen Stempel drauf.

Bevor wir auf die Zimmer gehen, trinken wir noch einen Tee in der Bar des Hotels. Der Angestellte hinter dem Tresen der Hotelbar will uns eine Wasserpfeife verkaufen, aber wir wollen die Stadt sehen, solange es noch hell ist. Während sie ihren Tee trinkt, habe ich zum ersten Mal heute das Gefühl, dass Penelope mich intensiver anschaut und mir mehr Aufmerksamkeit widmet als dem Rest der Runde. Max legt nach wenigen Minuten zehn Euro auf den Tisch, weil wir noch kein Geld gewechselt haben, und schlägt vor, dass wir uns in zehn Minuten in der Lobby treffen.

Wir nehmen den Fahrstuhl, ein Standardmodell, von Otis, acht Personen maximal, 450 Kilo. Darunter steht auf der Metallplakette auf Englisch und Französisch, dass man im Brandfall bitte die Treppe nutzen soll. Jemand hat einen Zettel mit arabischen Schriftzeichen laminiert und danebengeklebt. Nachdem Zaida und Max im vierten Stock aussteigen, bin ich zum ersten Mal heute mit Penelope allein. Ich sage ihr, dass ich mich sehr freue, dass sie mitgekommen ist – und fühle mich direkt wieder vor dem Nubia, als ich ihr gesagt habe, dass sie einen super Job macht, wie ein Fünfzigjähriger, der eine Zwanzigjährige hofiert.

Wir haben nur einen Schlüssel. Während ich aufschließe, steht Penelope einen halben Meter neben mir und lächelt mich an. Ich mache die Tür auf, lasse sie zuerst durchgehen, aber irgendwie fällt es mir schwer, die Tür einfach hinter mir wieder zuzuziehen, ich weiß auch nicht warum. Ich lasse einen kleinen Spalt auf, wir gehen ja eh gleich wieder runter.

Das Zimmer ist klein, aber okay: Flur, links ein kleines Bad, in der Verlängerung des Flurs etwa ein Meter Platz und dann am Ende ein Fenster, leider zum Innenhof und nicht zum Hafen, und links zwei aneinandergerückte Einzelbetten. Ich zeige mit der Hand auf die Betten und sage etwas zu laut »You choose« und lache dazu, auch weil es vorher so unangenehm still war im Zimmer, aber sie sagt: »Oh, I don't care«, stellt ihren Rucksack in die Ecke und geht ins Bad.

Ich höre, wie sie die Zimmertür doch zuzieht, lege meine Tasche ab und lasse mich rückwärts in die Mitte der beiden Betten fallen, die direkt ein wenig auseinanderrücken, aber noch nicht so stark, dass ich in die Ritze fallen würde. Sie schließt die Badezimmertür von innen ab, klappt die Toilette auf und ich höre sie pissen. Mit dem Fetisch konnte ich nie viel anfangen, außerdem sind Fetische eh eher was für ältere Leute. Aber ich überlege trotzdem, aus ganz praktischen Gründen, denn ich bin danach wahrscheinlich entspannter und kriege nicht mehr so schnell einen Ständer. Wenn ich mir Mühe gebe, brauche ich unter einer Minute. Aber ich bräuchte Taschentücher oder Klopapier. Wenn sie auch duscht, mache ich es, dann hab ich auch, nachdem sie aus der Dusche kommt, noch ein paar Sekunden. Aber sie duscht nicht und kommt relativ schnell wieder aus dem Bad. Sie hat die Hose ausgezogen und nur das Feinrippunterhemd und Unterwäsche an, aber sie geht direkt zu ihrem Rucksack, um dort einen Rock rauszuholen. Ich gehe an ihr vorbei ins Badezimmer. Ich habe das Gefühl, dass wir beide darauf achten, uns nicht zu berühren, anders als zum Beispiel auf dem Boot oder auch eben an der Bar. Der Abstand zwischen uns scheint gerade sekündlich größer zu werden, oder vielleicht sind wir auch beide einfach aufgeregt.

Ich warte nicht ganz, bis sie fertig ist mit Anziehen, sondern gehe, nachdem ich im Badezimmer fertig bin, schon einmal vor, auch weil ich denke, dass Max vielleicht das Gleiche tun wird und wir uns dann in der Lobby kurz besprechen können. Tut er aber nicht. Die Lobby ist fast leer, ein einzelner, vielleicht sechzigjähriger Mann wartet mit einem DuMont-Reiseführer in der Hand auf seine Begleitung. Neben dem Hoteleingang stehen Aufsteller mit Angeboten lokaler Tourismusagenturen. Eine Jeepfahrt für bis zu vier Personen in die Wüste mit einem Guide kostet tausend Dirham, mit Mittagessen in der Oase und einer Wasserpfeife inklusive. No alcohol provided. Könnte man machen. Max und Zaida und Penelope kommen gemeinsam die Treppe herunter.

Das Hotel liegt am Rand der Altstadt. Wir laufen zunächst einfach ein bisschen planlos durch die Gassen. Max fragt auf Deutsch, ob wir ein Doppelbett haben. Max hat das bessere Zimmer, Blick über den Hafen und Doppelbett. Ich schlage Max vor, zumindest ein bisschen Englisch zu reden, sonst denken die beiden, wir sprechen hinter ihrem Rücken über sie. Aber Penelope und Zaida unterhalten sich auch auf Spanisch, also bleiben auch wir bei Deutsch. »Eigentlich schon verrückt, was wir hier machen«, sage ich zu Max. Max räkelt sich im Gehen und sagt: »Ja, nennt man Blind Date.« Bei dem Wort »Blind Date« dreht sich zunächst Zaida und dann auch Penelope um, Zaida lacht laut und schallend, Penelope dann auch. »It's not like we'd be doing this all the time, Guys«, sagt Zaida, dreht sich energisch wieder um, lacht und umarmt Penelope. Die beiden sagen laut etwas auf Spanisch und lachen dann gemeinsam, was einige Marokkaner, die auf der Straße sitzen oder mit kleinen Bauchläden herumlaufen, aufschauen lässt. Ein vielleicht zehnjähriger marokkanischer Junge läuft hinter Zaida und Penelope her und sagt: »Marry me, marry me.« Dann will er Kleingeld und Kugelschreiber.

Ich sage auf Deutsch zu Max, dass ich mich zum ersten Mal seit Mai wieder auf eine Frau einlasse, ohne die ganze Zeit vor meinem inneren Auge Vergleiche zu ziehen. »Ja, es braucht einfach Zeit«, sagt Max. Und dass es wichtig ist, Ereignisse und Erinnerungen zu schaffen, die zwischen dem Ende der Beziehung und dem Jetzt liegen. »Viele Leute verfallen ja, wenn sie verlassen werden, in so eine Art Hyperaktivismus«, sagt er, gehen jeden Tag feiern, besuchen Freunde in Australien, fahren mit dem Auto nach Griechenland und ähnliche Dinge. Das ist, sagt er, wahrscheinlich kontraproduktiv, weil es sozusagen aus dem Impuls des Verlassenwerdens heraus geschieht und deshalb das ganze Gefühl ja noch verstärkt. Dann sitzt man da, am Strand auf dem Weg nach Griechenland, sagt er, und denkt sich: ›Was mach ich eigentlich hier?‹ Und die einzige Antwort, die man sich geben kann, ist: ›Ich bin hier, weil ich gerade verlassen worden bin.‹ Aber wenn nun eben eine gewisse Zeit vergangen ist, seit man verlassen wurde, wie eben jetzt bei Jana und mir, dann, sagt er, »dann kommt es darauf an, dass man sich auch zusammenreißt und wieder was macht«, dass man ganz bewusst diese positiven Erlebnisse schafft, damit man dann in den melancholischen Phasen, zum Beispiel wenn wir übermorgen im Flugzeug sitzen, eben nicht denkt: ›Wie schön wäre das gewesen, wenn Jana mit dabei gewesen wäre‹, sondern: ›Mann, war das geil mit Penelope‹, oder von ihm aus auch: ›Scheiße, dass das mit Penelope doch nicht geklappt hat‹, das ist gar nicht so entscheidend. »Entscheidend ist, dass du aus dir rausgegangen bist.« Ich sage: Ja, das stimmt sicher, aber noch viel mehr bin ich einfach total froh, Max als Freund zu haben, der manchmal die Dinge so gut auf den Punkt bringen kann. Wir unterhalten uns ein bisschen über ihn im Anschluss. Ich kenne Max schon ziemlich lange. Wir haben uns kennengelernt, als ich anfing abends wegzugehen, so mit 15 oder 16. Da war er am Anfang sehr viel dabei, weil er immer viel mit seinem kleinen Bruder gemacht hat, der so alt ist wie ich, mit dem ich wiederum aber nie so viel am Hut hatte wie mit Max. Ich glaube, er machte damals auch deshalb so viel mit uns, weil er in seiner Stufe nie so richtig ankam. Er war dann oft mit uns unterwegs, aber wollte, glaube ich, eigentlich gerne mit den Älteren aus seiner eigenen Stufe rumhängen, das merkte man manchmal, wenn wir verabredet waren und er dann kurz vorher absagte. Da sagte dann sein kleiner Bruder manchmal scherzhaft: »Max hat 'ne Audienz bekommen«, was so viel hieß wie, dass die Jungs aus seiner Stufe ihn ausnahmsweise mal gefragt hatten, ob er mit ihnen was machen will.

Richtige Freundin hatte er eigentlich nur eine. Das war, als ich in der Zehn war und er gerade Abi hatte. Da hat er ein Mädel kennengelernt, die in Berlin Politik studierte. Zu der fuhr er dann jedes Wochenende neben seinem FSJ und interessierte sich von einem auf den anderen Tag krass für Politik, kaufte sich die FAZ und hörte Deutschlandfunk und tauschte einen Großteil seiner Freunde aus, beziehungsweise meldete sich nur noch bei sehr wenigen, bei mir zwar schon noch, aber auch weniger. Einmal war ich auch in Berlin und dann mit den beiden essen, da schrieb er mir, kurz bevor ich zu dem Restaurant kam, so sinngemäß: »Freddy, sorry, dass ich das so sage, aber die Leute, mit denen wir essen gehen, sind echt krass, also bitte nicht zu kindisch sein, und wenn dich einer fragt, was du machst, sag Abi und nicht Zehnte, sonst nehmen die dich nicht ernst.« Das fand ich damals relativ krass, aber ich glaube er, stand halt auch einfach ziemlich unter Druck, weil dieses Mädel war drei oder vier Jahre älter als er, erwartete aber einfach, dass er alles machte wie ein Freund mit einem normalen Altersabstand, auch mit Blick auf Bezahlen und so. Das war weniger eine Affäre, sondern schon echt eine richtige Beziehung. Nach einem knappen Jahr, kurz bevor ich in die USA ging, war das Ganze dann vorbei, Max hat krass geheult, das erste und einzige Mal, dass ich ihn so gesehen habe, aber er hat sich schnell gefangen. Er ging dann nach Holland und kam da schnell auf andere Gedanken und erzählte mir immer, wie viel er da vögelte, aber eine richtige Beziehung hatte er seitdem auch nicht mehr.

Wir sprechen darüber, dass er, wenn er in Holland fertig ist, wieder nach Berlin will, und da gründen, also ein Start-Up, irgendwas mit Biotech, wie er sagt. Und dass er glaubt, dass es in dieser absehbaren Zeit, die er noch in Holland ist, nicht lohnt, da noch eine Freundin zu suchen. Ich will einwenden, dass man das doch nicht so rational steuern kann, wenn man sich verliebt, verliebt man sich halt, denke aber dann, dass Jana auch mit mir Schluss gemacht hat, als ich ihr gesagt hab, dass ich nicht in Köln bleiben will.

Ich schaue Penelopes Rücken an und frage mich, wie rational sie in solchen Dingen ist. War es eine rationale Entscheidung für sie, mit uns mitzukommen? Sie ist zwanzig, das habe ich an der Passkontrolle in ihrem Reisepass gesehen. Vielleicht war es eine rationale Entscheidung. Vielleicht denkt sie: ›Zwei Jungs, die jeden Tag im Nubia rumhängen, können nicht ganz arm sein.‹ Oder vielleicht auch, dass sie gerne nach Deutschland will. Oder vielleicht hatte sie auch Lust darauf, mal was Neues zu erleben. Oder sie mochte mich und dachte sich: ›Was hab ich zu verlieren, schlimmstenfalls eineinhalb langweilige Tage in Marokko, auch nicht schlimmer als eineinhalb langweilige Tage in Marbella.‹ Aber auch, wenn es keine rationale Entscheidung war, gibt es vielleicht bestimmte Überlegungen, die sie sich nicht erst konkret gemacht hat, als sie mich getroffen hat, sondern schon lange vorher, die rational sein können oder auch nicht, häufig aber einen rationalen Kern haben, zum Beispiel jetzt in ihrem Fall sowas wie: ›Die spanischen Jungs nerven mich, wohnen alle noch bei Mama und kriegen nichts gebacken. Die Deutschen oder Holländer oder Engländer, die ich kenne, sind alle viel selbstständiger. Es wäre eigentlich cool, einen Freund aus Deutschland oder Holland oder England zu haben, dann ist es auch leichter da hinzuziehen, weil so ganz alleine ist schon schwer, dann kenn ich da keinen.‹ Und diese Überlegung, ob sie nun rational ist oder nicht, aber die kommt dann in dem Moment auf dem Parkplatz vor dem Nubia in ihr durch; da denkt sie vielleicht: ›Der Typ ist zwar etwas komisch, mir hier einfach von der Toilette hinterherzulaufen und mich anzulabern, wahrscheinlich ein Spacko, aber Moment, immerhin ein Spacko aus Deutschland oder Holland oder Österreich, mal gucken, was er zu sagen hat.‹ Und wenn das so ist, dann ist ihre Entscheidung nicht völlig rational, aber eben auch nicht völlig irrational, sondern irgendwo dazwischen oder auch ein bisschen von beidem.

Aber auch Max' Entscheidung ist ja nicht völlig irrational. Klar sagt er, dass er jetzt keine Freundin will. Andererseits ist er aber wahrscheinlich auch immer noch verletzt von damals, als die aus Berlin ihn verlassen hat, und will oder kann sich noch nicht auf irgendwas einlassen, wo er Angst hat, jedenfalls unterbewusst Angst hat, wieder verletzt zu werden. Und das ist ja auch wieder ein relativ irrationaler Gedanke, diese Angst und Furcht vor dem Verletztwerden. Oder vielleicht gerade rational. Auf jeden Fall führt dieses total cleane Analysieren irgendwelcher Aktionen als rational oder irrational nirgendwo hin, merke ich.

Wir gehen in einen Laden. Die Läden hier verkaufen alle genau das Gleiche: marokkanische Kissen und andere Textilwaren für den Haushalt, marokkanisches Geschirr in Blau und Weiß, mit Blumen verziert, Wasserpfeifen, Wasserpfeifentabak und Sachen aus Ziegenleder, die nach Ziege riechen. Warum wir ausgerechnet in diesen Laden gehen, weiß ich nicht, wir laufen einfach Penelope und Zaida hinterher, die uns auch nicht gefragt haben, ob wir da reinwollen, sondern einfach vorgehen und selbstverständlich davon ausgehen, dass wir ihnen folgen oder jedenfalls draußen warten. Der Ladenbesitzer ist ein alter Mann, der uns sehr freundlich begrüßt und dann darauf hinweist, dass hier ›Ne pas marchander‹ und ›No bargaining‹ ist, dass wir also den Preis zahlen sollen, der draufsteht, oder gehen, wie in Deutschland.

Ich setze mich auf einen mit Ziegenleder überzogenen Hocker und schaue Penelope dabei zu, wie sie eine blaue Porzellanschüssel in die Hand nimmt. Sie hat mittellange, ziemlich dünne Finger, die sehr fein sind, die Haut und das Gewebe lassen die Bewegungen der Gelenke beinahe ungefiltert durchscheinen. Sie fasst die Schale und auch sonst die Dinge mit sehr genauen Fingerbewegungen an und benutzt kaum die eigentliche Handfläche, was sehr elegant aussieht. Am linken Ringfinger hat sie einen Mückenstich, auf dem sich eine ganz kleine Eiterkruste gebildet hat. Ihre Nägel sind manikürt, aber nicht lackiert. Sie stellt dem Ladenbesitzer die etwas komische Frage: »Is this real?«, und zeigt mit dem rechten Zeigefinger auf die Porzellanschale in ihrer linken Hand. Der Ladenbesitzer antwortet: »Yes, everything, one hundred percent, no fake here.« Sie ist zufrieden und gibt mir die Schale ganz selbstverständlich zur Aufbewahrung, damit, während sie sich weiter umschaut, niemand sonst ihr die Schale wegkauft. Unsere Finger berühren sich leicht. Ich schlage ihr vor, sich auch die Ledersachen einmal näher anzuschauen. Die sehen zwar eigentlich nicht besonders toll aus und sind auch nicht die Spezialität dieses Ladens, aber ich möchte irgendetwas sagen und nicht einfach kommentarlos die Schale entgegennehmen wie ein Page. Als wir wieder draußen sind, unterhalte ich mich mit Zaida und Max sich mit Penelope. Zaidas Mutter wohnt in Marbella und sie ist hier zur Schule gegangen. Ich glaube, sie oder jedenfalls ihre Mutter hat relativ viel Kohle.

Anders als bei Penelope hatte ich bei ihr noch an keiner Stelle das Gefühl, dass sie über Geld nachgedacht hat. Penelope wollte zum Beispiel zu jedem Hotel wissen, was es kostet. Zaida war das egal. Auch eben im Laden hat Penelope mehrere Schalen angeschaut, sich dann aber die kleinste aus dem Regal genommen. Und auch ihre Klamotten sehen zwar nach viel Geschmack, aber nicht nach viel Geld aus. Zaida dagegen hat eine ziemlich teure Uhr, eine Cartier glaube ich, jedenfalls eine rechteckige goldene. Sie hat ein neues iPhone und eine kleine Reisetasche von Mulberry, die auch locker ein paar hundert Euro kostet. Aber sie scheint auf diese Dinge nicht so viel Wert zu legen. Aber nicht wie jemand, der Status ablehnt, sondern wie jemand, der ihn für selbstverständlich hält und deshalb nicht darüber nachdenkt. Ich kann mir zum Beispiel gut vorstellen, dass sie gar nicht weiß, wie viel ihre Uhr gekostet hat, vielleicht war das ein Geschenk von ihrem Vater. Wir sprechen darüber, dass sie nach ihrem Schulabschluss jetzt erstmal ein Gap Year machen will und dann in England studieren, oder USA, aber lieber England, und dass sie jetzt bald anfangen muss, Bewerbungen zu schreiben, Essays, also Aufsätze, weil die englischen Unis alle solche Essays für die Bewerbung haben wollen, und dass sie sich für Literatur interessiert, und dass sie aber jetzt nicht weiß, ob es okay ist, wenn sie über spanische Autoren schreibt, die sie schon kennt, oder ob die Engländer wollen, dass sie auch was über englische Autoren schreibt, die sie noch nicht kennt. Ich erzähle ihr, dass ich noch nicht weiß, was ich studieren soll, vielleicht Philosophie, aber dann weiß ich nicht, was man damit später mal machen soll, aber ich glaube, ich fände es das Interessanteste. Sie sagt, ihr Vater sei Journalist und Schriftsteller, aber er habe Jura studiert. Ich sage ihr, dass meine Eltern mir auch schon mehrmals Jura vorgeschlagen haben, ich es mir aber irgendwie langweilig vorstelle. Wir wechseln Geld in einer Bank am Eingang zur Markthalle und kaufen einem kleinen Jungen vier Becher Tee ab, die er von einem Tablett verkauft. Ich merke, dass das schon mein zweiter Tee an diesem Nachmittag ist und dass ich sonst eigentlich nie Tee trinke. Der Junge sagt »Thank you – Merci – Shukran«, was sehr niedlich ist, weil er es wie einen auswendig gelernten Spruch sagt. Wir machen ein Foto mit ihm.

Etwas später sitzen wir in einem kleinen Café. Es gibt W-Lan. Wir trinken eine Art Pfirsichbier, weil wir nicht schon wieder Tee trinken wollen. Penelope hat zwei Postkarten gekauft, was ich sehr süß finde. Es zeigt, dass, anders als bei Zaida, die wahrscheinlich einfach ein Foto macht und das dann über das marokkanische Handynetz ihrem Vater nach Madrid schickt, auch wenn das zehn Euro kostet, dieser kleine Ortswechsel für sie, also für Penelope, etwas ist, was sie mit ihrer Familie teilen möchte. Auch vielleicht mit ihrer Oma in einem kleinen spanischen Dorf, die gar kein Handy hat und dann in drei Monaten eine Postkarte bekommt. Und ich freue mich irgendwie an dem Gedanken, dass dann die Oma ihr altes Telefon mit Wählscheibe entstaubt, bei Penelope anruft und sagt: »Kind, vielen Dank für deine Karte, ich hab mich total gefreut, mit wem warst du denn in Marokko?« Und dann kichert Penelope vielleicht und sagt:

»Ach Oma, das war total nett, ich habe zwei Deutsche kennengelernt bei meiner Arbeit in der Strandbar, und wir haben uns total gut verstanden, und dann haben wir einen Ausflug nach Marokko gemacht.« Und dann wird die Oma vielleicht in sich hineinlächeln, mit ihren 80 oder 90 Jahren auf das Leben ihrer Enkeltochter schauen, die sich natürlich mit Anfang zwanzig noch unendlich weit von einer Heirat entfernt fühlt, aber für ihre Oma ist das nicht mehr als ein Wimpernschlag, diese wenigen Jahre Anfang zwanzig, früher gab es die gar nicht, sie hat wahrscheinlich schon mit achtzehn geheiratet, und dann aber jedenfalls darüber lächeln, dass ihre Enkeltochter gerade diese kurzen total spannenden Jahre erlebt, die in ihrer Logik schon unweigerlich auf eine Heirat hinführen, vielleicht oder sehr wahrscheinlich sogar mit einem schicken Jungen aus einer guten madrilenischen Familie, und später, denkt ihre Oma vielleicht, wird sie sich dann an diesen Ausflug mit den beiden Deutschen nach Marokko erinnern, so wie sie sich vielleicht an einen Nachmittag an einem See im Sommer 1950 erinnert, an dem das Leben in eine andere Richtung hätte gehen können. Ist es aber nicht, aber genau das macht diese Erinnerung ja für sie so schön.

Ich streite mich mit Max, wer das Bild von dem kleinen Jungen mit dem Teetablett instagramt. Es ist auf Max' Kamera, was aber Zufall ist, es war meine Idee, ein Foto mit ihm zu machen, und wir haben Max' Handy ausschließlich aus dem Grund genommen, dass mein Akku schon relativ schwach war. Ich merke, dass Max – das macht er manchmal und ich finde es jedes Mal extrem anstrengend

– einfach weitermacht, anfängt, verschiedene Filter auszuprobieren, Fakten schaffen will, sozusagen. Hinterher sagt er dann wahrscheinlich: »Ups, sorry, schon passiert.« Ich nehme ihm sein Handy aus der Hand, was vielleicht eine leichte Überreaktion ist und vor allem vor den beiden Mädels auch nicht sehr souverän wirkt, aber das Foto ist echt gut geworden, und es war nun mal meine Idee. Und ich kenne Max inzwischen so gut, dass ich weiß, dass man ihm Kontra geben muss, er ist nicht wie ich jemand, der eine Konsenslösung für diese Art von Streits sucht, sondern eher einer, der voll draufhaut und, wenn dann was kaputt geht, sagt: »Sorry, tut mir leid.« Wir einigen uns schließlich darauf, dass Zaida es hochlädt und uns beide taggt.

Instagram und Facebook und alle anderen sind ja komplett auf den Einzelnen als Kunden zugeschnitten. Früher gab es das viel mehr, dass eben Ehepaare oder auch Familien eine eigene, neue, zusätzliche, aus mehreren Einzelpersonen bestehende Existenz hatten. Im Telefonbuch, in dem ich in der Vorschule immer gelesen habe, stand zum Beispiel »Eheleute Jochen Haubrich«, später dann »Familie Jochen Haubrich«. Und natürlich sind auch Briefe häufig noch an »Herrn und Frau Jochen Haubrich« oder »Eheleute Haubrich« adressiert. Aber im Internet ist diese Familienidentität irgendwie verschwunden, es gibt sie nicht mehr, alles zerfällt in seine Einzelteile. Und die Einzigen, die noch auf dem Festnetztelefon bei uns zu Hause anrufen, sind meine Großeltern, wobei auch die mit abnehmender Tendenz, und die Leute von der Wahlforschung oder Marktforschung, die dann immer fragen:

»Können wir mal bitte die älteste weibliche Nichtraucherin in ihrem Haushalt sprechen?«, und die aus irgendeinem Grund wirklich sehr häufig bei uns anrufen, ich glaube, wenige Doppelverdienerhaushalte mit Einzelkind im Rheinland sind da so lückenlos erfasst wie wir. Und wenn mein Vater mitkriegt, dass sie anrufen, sagt er hinterher immer: »Seht ihr, wir sind eben eine ganz normale deutsche Familie.« Wo ich immer nicht sicher bin, ob das jetzt ironisch gemeint ist oder nicht, und mich das früher tatsächlich mal sehr ernsthaft gefragt habe, ob mein Vater das ironisch meint oder nicht, und mir inzwischen aber ziemlich sicher bin, dass er das selber auch nicht weiß, ob er das ironisch meint.

Max ist aufgestanden, Zaida guckt auf ihr iPhone, und Penelope dreht sich mir zu und sagt, dass ich ihr jetzt mal ein bisschen was über mich erzählen soll. Sie wisse noch fast gar nichts über mich. Damit hat sie völlig recht, und es ist mir ein bisschen unangenehm, dass dieser Impuls von ihr kommt. Ich wollte auch schon ein paar Mal so elegant ein kleines Kennenlerngespräch einleiten, aber es passte dann immer irgendwie gerade nicht. Ich überlege kurz, ob ich, wie vor dem Nubia und im Supermarkt angefangen, die Wahrheit ein bisschen überdehnen soll, damit sie mich cooler findet. Am Anfang bei Jana habe ich das gemacht. Als wir länger zusammen waren, gab es dann ein paar unangenehme Momente. Als sie zum Beispiel rausfand, dass ich mit den Leuten von der Sporthochschule doch nicht so viel zu tun hatte, wie ich das bei unseren ersten Treffen dargestellt hatte. Eigentlich war es bei Jana total dumm, am Anfang so aufzuschneiden. So nah, wie wir einander waren, musste das natürlich rauskommen. Jetzt wiederum habe ich bei Penelope Hemmungen, mich auch nur ein bisschen besser zu machen, als ich bin. Dabei werde ich Penelope mit sehr hoher Wahrscheinlichkeit nach diesem kleinen Ausflug nie wiedersehen. Aber ich entschließe mich trotzdem, ehrlich zu sein, auch weil ich aus der Zeit mit Jana erinnere, dass so eine kleine Lüge oder Beschönigung einen in seiner eigenen Haut auch immer ganz schön unkomfortabel macht, zumindest für ein paar Minuten, man ist dann angespannt und das wirkt nicht cool. Ich erzähle ihr also, dass ich gerade mit der Schule fertig bin, dass ich Philosophie studieren möchte (das ist ja weniger eine Lüge, sondern eher ein Vorgriff, wegen meiner Unentschlossenheit, und wenn ich in zwei Wochen sage: »doch lieber Politik«, ist das ja ganz normal). Und dass ich mir vorstellen könnte, später in einem Verlag zu arbeiten. Einfach weil es immer gut ankommt, zu der von ihr noch gar nicht gestellten Frage »Berufswunsch?« irgendwas Konkretes zu sagen. Das wirkt, als hätte man einen Plan. Und das finden Mädels immer gut.

Sie hat vor einem Jahr die Schule fertig gemacht. Dann hat sie eine Art Ausbildung, sie sagt »Training«, angefangen, als Psychotherapeutin. Das hat sie aber vor einigen Monaten abgebrochen und will jetzt Psychologie studieren, sagt sie, weil sie gemerkt hat, dass sie eine richtige Psychologin werden will. Sie hat einen Studienplatz an einer Uni in Barcelona. Ich freue mich kurz, weil ich denke, dass man nach Barcelona ja auch von Deutschland aus kurz mal hinfliegen kann. Hätte sie jetzt gesagt, sie studiert irgendwo in Sevilla oder Salamanca, wäre das nicht so einfach.

Sie wirkt irgendwie total erwachsen. Wie ein Mensch, der schon ein gewisses Päckchen durchs Leben trägt. Sie ist jemand, der ein Schicksal hat. Irgendetwas ist da. Trauerfall in der Familie, Vater, Mutter, Bruder verloren, Krankheit überstanden, irgendwas. Sie wirkt sehr anziehend auf mich, aber überhaupt nicht leicht. Sie lacht zum Beispiel sehr bewusst, es ist nicht so, dass sie nicht lacht, aber ich habe das Gefühl, ihr Lachen geht nicht auf den Boden ihrer Seele durch. Sie ist amüsiert, aber nicht heiter.

Da ist irgendeine elementare Erfahrung in ihr, vielleicht deshalb auch Psychologie. Und ich finde das sehr interessant, weil ich bei mir selbst immer das Gefühl habe, dass ich eine solche Erfahrung noch nicht gemacht habe. Keiner, den ich wirklich kannte, ist schon tot, wir hatten nie finanzielle Probleme, meine Eltern haben sich insgesamt immer gut vertragen, ich war gut in der Schule und hatte nie krasse Probleme mit meinen Mitschülern, das mit Alex, dem Russen, war ja eigentlich ein Witz. Aber hier bei Penelope ist irgendwas. Ich will nicht sagen ein Schatten auf ihrer Seele, aber eine Fußnote von besonderer Bedeutung, ohne die das Wort Penelope nicht voll verstanden werden kann. Und ich will gern wissen, was das ist. Aber wie? Sie fragen geht schlecht.

Sie lächelt, wirkt aber irgendwie nicht ganz zufrieden mit meinen Antworten. Nicht unzufrieden, aber offensichtlich fehlt ihr etwas. Sie scheint auf irgendetwas zu warten. So, als müsste auf ihre Geschichte von der abgebrochenen Therapeutenausbildung von mir noch mal etwas zu mir kommen, als müsste ich auch schon mal irgendwas abgebrochen haben.

Sie fragt mich, was mein Traum ist. Ich sei so pragmatisch und unenthusiastisch. Wo ich in zehn Jahren stehe. Mit dreißig. Ich mag diese Art von Fragen nicht. Ich weiß, dass darauf irgendwas erwartet wird. Dass man sein Leben in so eine Art größeren Zusammenhang stellen soll. Eine Vision haben soll. Oder zumindest an einer Vision gescheitert sein soll später.

Ich könnte jetzt erzählen, dass ich in zehn Jahren den größten Verlag der Welt leiten will. Die meisten Menschen, die Fragen vom Kaliber »What is your dream?« stellen, sind mit Wünschen, die einfach nur groß sind, zufrieden. Selten fragt dann jemand: »Ah, okay. Und wie willst du das machen?« Ich könnte ihr auch irgendeine andere Vision erzählen: dass ich Politiker werden will, Schriftsteller, sogar eine professionelle Sportkarriere ist mit 19 ja noch nicht ausgeschlossen. Auch wenn ich mich in dem Bereich bisher noch nicht besonders hervorgetan habe. Wahrscheinlich sollte ich es tun, denn was ich jetzt sage, wird in ihrem Kopf bleiben. Wenn wir später vielleicht irgendwo am Strand liegen, nach zwei Flaschen Wein, und sie sich überlegt, ob sie jetzt mit mir rummacht oder sich einfach weiter nett mit mir unterhält, und das Thema unauffällig auf die allgemeine Situation oder etwas ähnlich Unverfängliches lenkt, dann wird sie sich wahrscheinlich noch einmal kurz die wichtigsten Punkte ins Gedächtnis rufen, die ich heute und gestern gesagt und getan habe. Und dann entscheiden, ob ich ein cooler Typ bin oder nicht. Und einer der wichtigsten Punkte wird das sein, was ich jetzt sage.

Ich habe aber nicht wirklich eine Vision. Vielleicht bin ich dafür zu rational. Oder zu wenig begeisterungsfähig. Oder beides. Ich glaube, Visionen sind was für kleine Mädchen, die Leonardo di Caprio auf einem Filmplakat anschauen und sich dann ausmalen, wie es wäre, mit ihm zusammen zu sein. Weil die pickelige Gegenwart sich sonst nur schwer ertragen lässt. Und für Leute, die in ein Unifach oder eine Ausbildung reingestolpert sind, ohne zu wissen, was sie da eigentlich tun, und das im Nachhinein als quasi göttliche Fügung vor sich selbst rechtfertigen müssen. ›Ich musste einfach Literatur studieren, es war mir immer klar, Literatur, weil ich eben viel lese und schon als Kind immer ein Riesenbücherwurm war und immer auf den Bücherbus gewartet habe.‹

Aber so ist das Leben für die Meisten von uns ja gar nicht. Man bewirbt sich an fünf verschiedenen Unis, man hat weder einen konkreten Plan, ob man an eine öffentliche oder eine private Uni will, manche sagen, öffentliche sind kacke, manche sagen, private sind kacke, man bewirbt sich einfach, und das einzige verbindende Element der Bewerbungen ist, dass sie nichts mit Mathe zu tun haben, denn da hatte man nie mehr als eine Drei. Und dann lehnen dich zwei ab, bei einer ist in der einen Vorlesung, die du dir anschauen wolltest, der Overhead-Projektor kaputt, da hast du dir gesagt: ›Mit mir nicht‹, und dann bleiben noch zwei, und da gehst du in die Stadt, wo deine Tante einen kennt, der da eine Wohnung vermietet. Und das war dann eben Literatur und nicht Theaterwissenschaften mit Französisch. Und genauso bei Beziehungen. Diesen Quatsch, den manche immer meinten, dass Jana und ich quasi füreinander bestimmt gewesen seien, den hab ich nie verstanden. Klar, wir haben nur ein paar Straßen voneinander entfernt gewohnt, und klar, sie war in der Elf und ich in der Zwölf, ein passender Altersabstand sozusagen, aber es hätte auch genauso gut sein können, dass zum Beispiel Caro, mit der ich in den Sommerferien, als ich schon mit Jana rumhing, aber noch nichts mit ihr hatte, ein paarmal am Rhein rumgemacht habe, etwas mehr Bock auf mich gehabt und nicht jede Nachricht immer erst einen Tag später beantwortet hätte, und dann wäre ich vielleicht mit Caro zusammengekommen, die ich damals viel geiler fand als Jana, die auf eine andere Schule ging, aber auch in die Zwölf, und dann hätte Jana, so schwer mir der Gedanke im Nachhinein fällt, denn im Nachhinein habe ich mich natürlich in sie verliebt, aber dann hätte sie wahrscheinlich, als das neue Schuljahr anfing, auch nicht lange alleine auf dem Schulhof rumgestanden, sondern sich irgendeinen der anderen Jungs aus meiner Stufe geschnappt, oder auch aus ihrer, und dann hätte sie vielleicht mit der Straßenbahn zu ihm fahren müssen, aber das hätte dann wahrscheinlich irgendein Dummkopf auch gesagt: ›Jana und Dennis oder Jana und Thimo, ihr wart füreinander bestimmt, ihr wohnt nur drei Straßenbahnhaltestellen voneinander entfernt und geht auch noch auf die gleiche Schule.‹

Wahrscheinlich sollte ich mir also für Penelope eine Vision ausdenken. Aber ich bringe es nicht übers Herz.

Ich will ehrlich mit ihr sein. Ich erkläre ihr in so gutem Englisch wie möglich, dass ich nichts von Visionen halte und dass das Leben unvorhersehbar ist. Mir fällt sogar noch etwas sehr Passendes ein, nämlich, dass ja auch unser Ausflug hierhin ein tolles Beispiel sei, denn das ist ja ein Riesenzufall, dass wir jetzt hier sind, und hätte ich jetzt für heute schon etwas vorgehabt, also eine Vision für den Abend, oder sie, dann wären wir hier nicht hingefahren. Dazu gucke ich ihr etwas übertrieben tief in die Augen. Sie scheint am Ende einigermaßen zufrieden.
Wir gehen zum Strand runter. Auf den Straßen stehen teilweise Polizisten herum, manche sogar mit Maschinenpistolen. Zu uns sind sie alle sehr freundlich, manche nicken uns sogar zu.

Der 11. September 2001 ist das erste konkrete Ereignis, an das ich mich erinnern kann. Ich habe natürlich vage Erinnerungen an den Jahrtausendwechsel, wir waren in London, aber im Nachhinein weiß ich nicht mehr, ob ich da nicht auch einiges hinzudenke, einfach weil ich weiß, dass wir in London waren. Aber der 11. September 2001 ist mir ganz klar vor Augen. Ich war gerade eingeschult worden, es war die dritte Woche. Ich ging in den Hort, also Nachmittagsbetreuung. Das war um vier zu Ende. Die ersten zwei Wochen war meine Mutter immer den Fußweg mit mir zusammen gegangen, am Montag dann hatte sie an der ersten Kreuzung des Nachhauseweges gewartet, und so sollte es weitergehen, immer eine Kreuzung weiter alleine, bis ich schließlich den Fußweg alleine hätte gehen sollen. Am 11. September dann aber kam meine Mutter um kurz vor vier in die Nachmittagsbetreuung, und es musste alles sehr schnell gehen. Ich weiß noch, dass ich dachte, ich hätte wohl auf den paar hundert Metern von der Schule bis zur ersten Kreuzung am Vortag einen Fehler gemacht, vielleicht an einer der kleinen Straßen zu schnell rüber, und sie hätte mich dabei gesehen.

Ich frage mich beim Anblick der gut bewaffneten Polizisten, wie das war damals, also vor den Terrorangriffen. Ist man damals in islamische Länder gereist wie nach vielleicht nicht Spanien oder Italien, aber jedenfalls so wie nach China oder Brasilien? Exotisch vielleicht, aber eben einfach ein anderer Teil der Welt? Nach Marokko wahrscheinlich ja, allein schon zum Surfen.

Dürfen Marokkaner surfen, also wenn sie gläubige Muslime sind? Man hat irgendwie so ein total bruchstückhaftes Wissen über die islamische Welt. Religionsunterricht, die fünf Säulen des Islam, Mekka und Medina, wo sie Kieselsteine werfen, Ehrenmorde natürlich, Ramadan, Kopftuch, das weiß man alles. Aber würde ich, wenn ich 19 wäre und Marokkaner, surfen? Sowas weiß man nicht. Kann man einfach ein Mädchen auf dem Schulhof nach ihrer Nummer fragen und ihr dann hinterher schreiben und mit dem Roller oder mit dem Bus in die Wüste fahren und dann da zu zweit einen Nachmittag lang rumhängen? Oder ist das vom Islam verboten? Überhaupt, der ganze sexuelle Bereich. Gucken die Jungs hier Pornos? Ich kann mir irgendwie nicht vorstellen, dass irgendjemand auf der Welt keine Pornos guckt, also als junger Mann in einem gewissen Alter. Andererseits: Es haben wahrscheinlich bei weitem nicht alle ihren eigenen Laptop. Dann müsste man hingehen und sagen: »Papa, darf ich kurz deinen Laptop, ja, danke.« Und dann eine halbe Stunde später nochmal. Oder vielleicht haben die auch noch ganz altmodisch einfach Hefte. Ein zehn Jahre alter Playboy unterm Bett, jedes einzelne Bild ein paar hundert Mal durchgewichst.

Überhaupt Bilder, da kommt wieder dieses bescheuerte Religionsunterrichtswissen ins Spiel. Wenn ich religiös und 17 bin und ein Mädel kennenlerne, die auch 17 ist, dann kenne ich die ja eigentlich nur verschleiert. Und wenn ich mir dann einen runterhole, ist sie dann in meinen Gedanken auch verschleiert? Oder muss ich mir dann ausdenken, wie sie unter dem Schleier aussieht? Lange Haare, kurze Haare, mittelkurz? Und auch die Terroristen, ich meine, auch ein Terrorist muss sich doch, wenn er 19 ist, hin und wieder mal einen runterholen. Und dann sind die meisten von denen wahrscheinlich auch noch Jungfrau. Aber kann man sich denn, wenn man 18 ist, und dann sieht man auf einmal Youporn, ernsthaft noch hinstellen und sagen: »Da scheiß ich drauf, mein Traum ist es, mich mit so einem Gürtel auf dem Marktplatz von irgendeinem Kaff in die Luft zu jagen«? Was, global gesehen, ja kein Schwein interessiert. Will man da nicht, wenn man einmal einen dieser komplett krassen kalifornischen Pornos gesehen hat, zumindest mal in die Nähe von so einer spiegelglatten Muschi kommen?

Am Strand ist es nicht allzu voll. Penelope kommt zu mir und will ein Selfie mit mir mit dem Meer im Hintergrund. Nur mit mir, ohne Max und Zaida. Ich bin überrascht von so viel offensichtlicher Zuneigung. Vorausgesetzt, sie will das nicht einfach nur haben, um irgendjemanden neidisch zu machen, ist das ja schon ein Zeichen. Jana und ich haben nicht so viele Fotos voneinander. Dabei war sie total fotogen, aber irgendwie mochte sie es nicht, fotografiert zu werden.

Es ist eine der Situationen, in denen ich die gebotene Nähe nicht einschätzen kann. Soll ich cool neben ihr stehen? Irgendeine coole Pose vielleicht sogar, auf die Uhr gucken oder irgendwas Rappermäßiges mit meinen Händen machen? Oder ihr einen Kuss auf die Wange andeuten? Vielleicht bringt uns das näher. Dann schickt sie das ihren Freundinnen, dann sagen die vielleicht: »Der ist aber süß«, dann guckt sie mich an und denkt, dass da was dran ist, dann lädt sie es vielleicht sogar bei Instagram hoch, Hashtag BlindDate, mit Max und Zaida im Hintergrund. Und dann müsste sie natürlich ihren Mädels zu Hause auch irgendwas erzählen, wenn sie wiederkommt und die dann fragen »Und dann?«. »Dann sind wir ins Hotelzimmer gegangen, haben uns hingelegt und sind friedlich eingeschlafen« geht dann schlecht, also geht schon, aber cooler ist dann schon auch das volle Programm, wenn schon, richtig. Ich entschließe mich, erst den Rapperkram mit den Händen zu machen und dann auf einem möglichen zweiten Bild ihr einen Kussmund zuzuhauchen. Es kommt tatsächlich zu dem zweiten Bild. Sie lacht kurz überrascht auf, findet es dann aber lustig und sagt: »You're crazy.« Das ist meiner Erfahrung nach nicht der schlechteste Ausgangssatz dafür, dass später noch was passiert. Danach machen wir eins mit meinem Handy. Ich lege meinen Arm um sie, das hat sie eben nicht gemacht und sie lacht wieder ein bisschen nervös. Sie macht auch einen kleinen Kussmund in Richtung meiner Wange, aber das heißt nicht so viel, denke ich, sie will jetzt einfach nur nicht weniger cool sein als ich.

Max und Zaida kommen sich, glaube ich, auch ein bisschen näher, aber ich habe das Gefühl, dass bei mir und Penelope mehr geht. Andererseits sind die auch beide älter, also Max ist tatsächlich älter und Zaida wirkt älter. Vielleicht trinken die auch einfach ein Glas Wein zusammen heute Abend und vögeln dann zum Spaß, oder sie lassen es, Max ist auf jeden Fall lässiger als ich, aber ich kann auch nicht so lässig sein wie er, selbst wenn ich es könnte. Zwischen Penelope und mir muss ich so eine Stimmung aufbauen, die auf Sex hinausläuft. Spannung. Max dagegen kann auch einfach heute Nacht in seinem Doppelbett seine Finger zu Zaida rüberschieben und loslegen. Sie wirkt nicht so, als hätte sie da groß was dagegen. Penelope ist komplizierter, aber eben auch interessanter. Ich denke, dass ich sie in Barcelona besuchen will. Wenn wir Sex haben, auf jeden Fall, und wenn nicht, auch.

Ich sage, dass ich sie besuchen möchte. Sie freut sich und sagt, dass sie mich auch besuchen möchte. Dabei fällt ihr auf, dass wir noch gar nicht darüber gesprochen haben, wo ich eigentlich studieren möchte. »Berlin«, sage ich, »or maybe Heidelberg or Munich«. »Berlin is amazing«, sagt sie.

Will ich das? Ich weiß das noch gar nicht so genau. Wenn ich nach Berlin gehe, hänge ich wahrscheinlich die meiste Zeit mit Max rum, in Heidelberg dagegen kenne ich gar keinen und in München vielleicht ein oder zwei

Leute entfernt. Das wäre dann ein kompletter Neustart, was ich gar nicht so schlecht fände. Aber Penelope findet natürlich Berlin amazing. Ich frage sie, ob sie schon mal da war. »No, but I really want to go. And Berghain must be awesome.« Ja. Ich war da auch noch nie. Max war total begeistert, wobei es bei Max auch gut sein kann, dass er das nur erzählt und selber auch noch nie da war. »Oh yes, I've never been there myself, but people say it's great.« Ich bin echt überraschend ehrlich zu Penelope. Vielleicht zu ehrlich, wenn ich Sex mit ihr haben will. Es wäre wieder überhaupt kein Ding gewesen, ihr jetzt irgendeine lustige Geschichte aus dem Berghain zu erfinden, in der Freddy Haubrich eine coole Rolle spielt. Sie war ja selbst auch noch nie da. Wirklich uncool wäre nur, wenn ich schon mal da gewesen und nicht reingekommen wäre, denn sie sagt jetzt: »Oh yes, and it's meant to be the hardest door in Europe.« »Yes, I heard that, too. Max, you've been to Berghain, no?« »Yes, it's totally amazing. I went there with two gay guys, and they had sex in the basement.« »Wow. Really?«

Die Art und Weise, in der Max über die beiden Schwulen redet, ist mir unangenehm. Wahrscheinlich waren das Marc und Tilman, das sind zwei Freunde von ihm, die er aus Twente kennt. Ich habe die auch mal kennengelernt, die sind megaschwul und feiern sich die ganze Zeit krass auf ihre sexuelle Aufgeschlossenheit. Die wohnen in dem Haus neben dem, in dem Max mit seinen Freunden wohnt, und als ich einmal da war, haben sie den ganzen Abend auf seinem Sofa gesessen und rumgemacht. Und weil ich außer Max keinen kannte, hab ich mich mit ihnen unterhalten, wenn sie gerade nicht rummachten, und je mehr sie tranken, desto mehr begrabbelte Marc mich und meinte immer: »Freddy, mach doch mal mit, ach komm, Freddy, du bist achtzehn«, was ich kacke fand, weil Marc war zwanzig und also auch nicht so viel älter als ich, »was weiß man schon mit achtzehn, du bist young and wild and free«, und dieses »young and wild and free« betont er so wie in dem Wiz-Khalifa- und Snoop-Dog-Lied und ließ dabei seine Hand die Tonebenen von dem Lied von oben nach unten darstellen, wie ein professioneller Sänger auf der Bühne. »Alles ausprobieren, Freddy, du heißt wahrscheinlich gar nicht Freddy, sondern Friedrich, aber Freddy ist rebellischer«, und bei dem Wort »rebellischer« machte er so eine Tuntenhandbewegung, leckte sich dann den Finger ab und zischte dabei, so als hätte er sich gerade an seinem Finger verbrannt. Und ich kann gar nicht sagen, dass ich Marcs Idee so völlig abwegig fand, also jetzt allgemein gesagt, aber so wie Marc da saß, komplett besoffen und auch noch die ganze Zeit mit einem gut sichtbaren Ständer in seiner dunkelblauen Acne-Jeans, fühlte ich mich etwas überfahren. Und fand es aber gleichzeitig doch lustig, mich mit den beiden zu unterhalten. Meine Eltern haben überhaupt keine schwulen Freunde. Nicht absichtlich, glaube ich, die sind halt einfach alle nicht schwul. Und außer einem Typ in der High School in Columbus, der echt bemitleidenswert war, weil er sich schon in der 9. Klasse geoutet hatte und allein in der Zeit, in der ich da war, bestimmt fünfmal von der Campus Police vor fünfzehn oder zwanzig Jungs gerettet werden musste, die ihn verprügelten, und zwar so richtig, nicht wie bei uns an der Schule, wenn einer verprügelt wurde, mit einem bisschen Schubsen und vielleicht mal einem angedeuteten Faustschlag, sondern richtig mit Reintreten, waren Tilman und Marc die ersten Schwulen, mit denen ich mich länger unterhielt. Und wenn Max sagt, er war mit zwei Schwulen im Berghain, die da Sex im Keller hatten, waren das auf jeden Fall Tilman und Marc, weil so viele schwule Freunde hat Max jetzt auch wieder nicht.

»Yes, but it's also cool for straight people. You should come to Berlin, then we go to Berghain together.« »Oh yes, definitely, I was just saying that to Freddy.« »Vamos a Berlin«, sagt Zaida plötzlich, sie brüllt es fast, und es ist das erste Mal, dass ich eine richtige Emotion in ihrem Gesicht sehe. »Vamos a Berlin«, High Five mit Penelope, High Five mit mir, High Five mit Max. Dann Penelope und Max, dann Penelope und ich, und bei Max und mir ist es ein bisschen komisch, wir gucken uns kurz grinsend an und schreien dann aber für die Mädels beide auch ganz laut »Vamos a Berlin!« und schlagen ein und ich sage: »Vamos a Berlin, Señor Max«, und er sagt: »Vamos a Berlin, Señor Freddy«, um die Stimmung mit den Mädels nicht kaputt zu machen. Und ich frage mich, ob hier gerade die Entscheidung fällt, dass ich in Berlin studieren werde.

VI.

Zurück im Hotel, verabreden wir, uns später am Pool zu treffen, gehen aber erstmal auf unsere Zimmer. Ich stehe vor unserer Tür, Zimmer 511, und schließe auf. Man hat ja diese Bilder aus amerikanischen Filmen im Kopf, wo dann vor dem Hotelzimmer schon übereinander hergefallen wird. Ganz so ist es in der Realität leider oft nicht. Wahrscheinlich ist sogar die Tatsache, dass in Filmen die Leute immer schon auf dem Flur oder an der Tür übereinander herfallen, eher ein Beleg dafür, dass es in der Realität nicht nur nicht oft, sondern eigentlich nie so ist, sondern dass eben Menschen auf der ganzen Welt, wenn sie irgendwo drinnen sitzen und aufgeregt darauf warten, dass jetzt gleich jemand klingelt, den sie geil finden, oder selber irgendwo klingeln und erwarten, dass jemand die Tür aufmacht, einfach total gespannt sind. Und diese Anspannung hatten Filmemacher, die ja sensible Menschen sein müssen, auch schon mal, und haben sich dann gedacht: ›Dieses Gefühl der Anspannung, wenn man jemanden an der Tür empfängt oder man gemeinsam eine Hotelzimmertür aufschließt, wo man weiß: Es wäre jetzt möglich, einfach die Tür hinter sich zuzumachen, sich die Klamotten runterzureißen und loszuvögeln, das möchte ich gern mal filmisch umsetzen, in mein nächstes Drehbuch werde ich eine Szene reinschreiben, wo ein Paar ein Hotelzimmer aufschließt, sie gespannt, was passiert, er gespannt, was passiert, und dann legen sie einfach los, ohne viele Worte, ohne vorher nochmal die Hände zu waschen, oder das Handy anzuschließen, oder zu gucken, ob der Reisepass noch da ist, ohne die schwergängigen Gardinen zuzuziehen und zu merken, dass sie nicht ganz zugehen, ohne kurz nochmal den Schrank aufzumachen, weil man sich vorhin nicht ganz sicher war, ob man einen Pulli mitgenommen hat, und vor allem ohne sich erst aufwendig gegenseitig zu massieren, zu küssen, Fernsehen zu gucken, sondern einfach los.‹

Ich lege mich aufs Bett, Penelope geht ins Badezimmer. Als sie wieder rauskommt, hat sie wieder nur das Höschen und das Unterhemd an. Aber diesmal ist der Rucksack im Schrank und sie legt sich auf ihr Bett. Ich drehe mich in ihre Richtung und stütze meinen Kopf auf meine Hand. Ich sollte irgendwas zu ihr sagen, denke ich. Mir fällt auch nach einigen langen Sekunden leider nichts Besseres ein als: »Do you like football?« Ich lasse dabei meinen Arm fallen und liege jetzt mit dem Kopf auf meinem flachen Oberarm. Nicht besonders kreativ als Frage, aber besser als nichts. Sie liegt auf dem Bauch, schaut auf ihr Handy und sagt nur: »Yes.« Ich ziehe mir mein T-Shirt aus, halte ihr mein After-Sun hin und sage: »Do you mind …?« Sie guckt kurz erstaunt, lacht einmal, aber setzt sich dann auf meine Bettkante und schmiert mir den Rücken ein. Ich brumme leicht vor mich hin, wenn sie etwas fester cremt. Dass sie auf meinem Rücken sitzt und ich sie nicht direkt anschauen muss, macht es mir leichter, etwas Freches zu ihr zu sagen. Ich lobe ihre schönen Beine. Sie lacht, dabei wippt sie ein bisschen und ich spüre die Haut an der Innenseite ihrer Beine auf Höhe meiner Rippen leicht auf- und abreiben.

Max und Zaida sind schon im Pool. Ein Kellner hat ihnen ein Getränk gebracht, das nach Mojito aussieht. Sie stehen am Rand und unterhalten sich. Max schaut auf Zaida herunter. Er ist ja einsachtundachtzig, und ich könnte mir vorstellen, wie er da so steht und lässig an seinem Drink nippt mit seinem gut trainierten Oberkörper, Brusthaare nass vom Wasser, wird das selbst auf die nicht ganz so heißblütige Zaida Eindruck machen. Wahrscheinlich erzählt er gerade von dem Start-up, das er in Berlin gründen will, und wie sie dafür Investoren bekommen wollen und dass es auf jeden Fall ein krasses Risiko ist. Das er aber bereit ist einzugehen, weil das schon immer sein Traum war. Was nicht stimmt, letztes Jahr im Sommer wollte er ein Praktikum bei Boston Consulting oder McKinsey machen. Für den Aufnahmetest hat er krass gelernt, aber die wollten ihn beide nicht. Und seitdem erzählt er einfach konsequent jedem, der ihm über den Weg läuft, dass er jetzt gründen will. Und sowas verfestigt sich ja auch. Je öfter man so eine Story erzählt, desto fitter wird man darin, auch die Nuancen und Feinheiten noch so zu erzählen, dass das Gegenüber beeindruckt ist. Und Zaida guckt ihn auf jeden Fall recht beeindruckt an, beziehungsweise es geht, so beeindruckt guckt sie auf den ersten Blick gar nicht, sie guckt sogar ziemlich viel auf ihren Drink, aber gerade daran, dass sie so konzentriert nicht die ganze Zeit auf seinen Mund starrt, merkt man, dass sie ihm genau zuhört.

Penelope und ich gehen ebenfalls in den Pool. Zaida trägt einen schwarzen Badeanzug, den in der Mitte ihres Bauches, ungefähr auf Höhe ihres Solarplexus, ein vergoldeter Ring zusammenhält. Sie hat ziemlich große Brüste und ist insgesamt einen Tick zu dick, aber so, dass die Assoziation noch »Lebensfreude« und noch nicht »fett« ist. Penelope dagegen ist schlank. Man merkt, dass sie über ihre Wirkung auf Menschen durch die Art, wie sie sich bewegt, nachdenkt. Sie trägt einen kräftiggrünen Bikini und hat kleine, aber präsente Brüste. Ihren Armen sieht man an, dass sie sie trainiert. Wir scherzen ein bisschen. Ich frage Zaida, ob Max ihr gerade erklärt hat, dass er der Marc Zuckerberg von Twente ist. Sie lacht. Max spritzt ein bisschen Wasser in meine Richtung.

An der Bar hinter dem Pool steht eine Reihe Kellner, die offensichtlich auf den größeren Andrang zur Abendzeit warten, jetzt um kurz nach sechs aber noch komplett beschäftigungslos sind. Sie interessieren sich für uns. Sie flüstern sich gegenseitig Dinge zu, beugen sich in ihren weißen Jacketts zueinander und kichern. Gleichzeitig wirken sie alle sehr ernst. Nach wenigen Augenblicken fangen sie an, die Liegen und Tische in unserer Nähe hin- und herzurücken, Tische abzuwischen, die schon vorher sauber waren, Kissen einzusammeln, Sonnenschirme einzupacken und den Boden zu kehren, alles ausgehend von dem Punkt der Poolterrasse, der uns am nächsten ist. Alle zwei Minuten kommt einer und fragt, ob wir noch einen Drink wollen. Der Drink, den wir trinken, hat den

Namen »Tipsy Tangiers Ice Tea« und besteht aus Weißwein, Minze und Limonade, wahrscheinlich Sprite.

Wir diskutieren, was wir am Abend machen. Eigentlich gibt es nicht so viele Alternativen. Wir können in die Stadt gehen, herumlaufen, Essen gehen, wieder herumlaufen und gucken, ob es irgendwo eine Bar gibt, in der man ein bisschen feiern kann, oder einen Strandclub. Obwohl wir eigentlich überhaupt keine Alternativen haben, bekommen Zaida und Max sich in die Haare über die genaue Planung, was allerdings eher eine Neckerei ist. Penelope fragt einen Kellner nach einem guten Club, der das zum Anlass nimmt, uns ewig lang zu erzählen, was man alles machen kann und wo er überall Cousins hat, die er anrufen könnte. Zwei weniger wichtige Kellner kommen dazu und hören zu, trauen sich aber nicht mit eigenen Vorschlägen an uns heran. Weil der von Penelope befragte Kellner ihnen nicht das Wort erteilt, wahrscheinlich. Die letzten anderen Gäste verlassen den Poolbereich, ein älteres Pärchen, das auf einer der Liegen auf der anderen Seite gelegen hat und John Grisham beziehungsweise das »Ok!«-Magazin gelesen hat.

»Let's have a fight«, sagt Max plötzlich, nachdem Zaida ihm zum zweiten Mal erklärt hat, dass sie nicht einfach drauflosgehen, sondern den Portier fragen will, wo es am besten und sichersten ist, woraufhin Max beim ersten Mal meinte, der Portier sei sicher siebzig und der Letzte, von dem er in der Frage, wo wir heute Abend essen gehen sollten, Ratschläge entgegennehme. Einer der weniger wichtigen Kellner schreit »Yes, fight, fight!« und lässt seinen Daumen gegen den Zeigefinger seiner rechten Hand flitschen. Der wichtige Kellner guckt ihn kurz überrascht an, sagt dann aber auch »Yes, fight« und grinst uns auffordernd an. Penelope findet die Idee gut, Max spritzt wild in alle Richtungen mit Wasser, Zaida findet sie auch gut, und ich habe eigentlich auch nichts dagegen. An der Bar macht einer der Kellner orientalische statt der bisherigen Loungemusik an und wechselt von der Dämmerungs- in die Abendbeleuchtung. Wir gehen in den tieferen Teil des Pools, wo man bis zu den Schultern im Wasser steht. Max nimmt Penelope auf die Schultern und ich Zaida, was insofern gut ist, als Penelope etwas kleiner ist als Zaida und wir jetzt so zusammengenommen beide in etwa gleich groß sind, also Penelope auf den etwas höheren Schultern von Max, und Zaida auf meinen. Wir stehen uns in der Mitte des Pools gegenüber, Max sagt »Three, two, one, go!«, einer der Kellner schreit »Go, hahaha, go!«, und dann fangen Zaida und Penelope auf unseren Schultern an zu kämpfen und versuchen sich gegenseitig ins Wasser zu schubsen. Von mir unerwartet, kämpft auch Max unter Wasser; ich dachte, wir beschränken uns darauf, die Mädels auf unseren Schultern zu halten, aber Max versucht mit seiner rechten Ferse in meine linke Kniekehle zu hauen. Der Effekt ist nicht riesig, wegen des Wassers. Aber weil ich überhaupt nicht damit gerechnet habe, falle ich fast schon nach wenigen Sekunden um und höre Zaida auf meinen Schultern nur schreien: »Come on, Freddy, don't let me down!« Die drei Kellner von eben sind am Rand des Pools mit uns mitgewandert und schreien »Go, go, go!«, einer der weniger wichtigen fängt an zu klatschen. Weitere Kellner kommen von hinter der

Bar, darunter gemächlich aber bestimmt der wichtigste von ihnen, auch er höchstens Mitte zwanzig. Sie lächeln über ihr ganzes Gesicht und lachen und sind richtig ausgelassen, während Zaida auf meinen Schultern Mühe hat, Penelope in Schach zu halten, was aber auch daran liegt, dass Max einen echt guten Job macht, sich zum Beispiel weit vor- und zurückbeugt, während ich relativ hüftsteif und ein bisschen überfahren bin. Der wichtigste Kellner klatscht und schreit »Black, black, black!«, um Zaida anzufeuern, was wiederum zwei seiner Unterkellner dazu animiert, Partei für Penelope zu ergreifen. Aber nicht auf der gleichen Poolseite wie ihr Chef; sie laufen um den Pool herum und feuern von der anderen Seite Penelope an, so dass jetzt auf der einen Seite eine große, aber nicht ganz so entschiedene Gruppe kräftig »Black, black, black!« ruft und dazu klatscht, während auf der anderen Poolseite eine kleine, aber sehr ekstatische Gruppe »Green, green, green!« ruft und klatscht und Penelope anfeuert und dazu auch ein kleines Tänzchen macht, keine komplexe Choreographie, aber immerhin so eine Art Sirtaki, drei Schritte nach rechts, Klatschen, drei Schritte nach links, Klatschen, drei Schritte nach rechts und so weiter. Alle klatschen sehr ausgelassen und so wie Menschen, die die Geschmeidigkeit ihrer Körperbewegungen nie hinterfragt haben und sich auch noch nie beim Tanzen selbst gefilmt haben, um zu gucken, wie es aussieht. Sehnige Hände an dünnen Unterarmen klatschen gegeneinander wie bei einem Ureinwohnertanz. Die Uniformen sind den meisten Kellnern noch ein Stück zu groß. Vielleicht sagt der Oberkellner beim Einkleiden, so wie meine Oma früher: »Wächste rein, Junge.« In einem der Zimmer über dem Pool öffnet sich ein Fenster, was den wichtigsten Kellner kurz innehalten lässt, und mit ihm seine Seite des Pools, allerdings ist da oben nur ein älterer Mann, ein Amerikaner, der eben auch noch am Pool lag, nur mit einem Handtuch bedeckt und auch klatschend und auch laut »Green, black, green, black!« chantend, so dass der wichtigste Kellner sich wieder uns zuwendet und weiterklatscht, jetzt lauter als vorher und auch lauter als die drei Grünen auf der gegenüberliegenden Seite, die sich dadurch herausgefordert fühlen, noch lauter zu klatschen. »Come on, sexy girls!«, ruft einer, aber es ist nicht auszumachen, welcher das war. Einer der am wenigsten wichtigen Kellner auf der Seite der Schwarzen wird schließlich etwas übermütig und versucht, einen noch weniger wichtigen, der aussieht wie vierzehn und wahrscheinlich so eine Art Schülerpraktikant ist, in den Pool zu schmeißen, in vollem Kellnerdress. Der wichtigste Kellner sagt kurz, aber sehr bestimmt etwas auf Arabisch zu ihm, was ihn etwas aus der Fassung und beide Seiten komplett zum Schweigen bringt. Danach klatscht der wichtigste Kellner zwar wieder weiter und schreit auch weiter »Black, black, black!«, und guckt aufmunternd in unsere Richtung, während bei uns immer noch keine Entscheidung gefallen ist, Penelope und Zaida tatsächlich ziemlich gleich stark sind und Max' Tritte gegen meine Beine unter Wasser nicht viel bringen. Und er kriegt die Stimmung auch fast nochmal zu dem Punkt, an dem sie vor dem Reinschmeißversuch war, aber irgendwie ist der Reiz des Spontanen weg. Schließlich betritt ein Paar um die sechzig in voller

Abendgarderobe die Terrasse und schaut sehr erstaunt, woraufhin der wichtigste Kellner sehr entschieden sagt: »Over, over!«, seine Arme über dem Kopf kreuzt und alle Kellner abrupt wieder Richtung Bar gehen, mit nicht mehr als einem leichten Grinsen im Gesicht. Und auch wir, obwohl dieses »Over, over« selbstverständlich nicht uns galt und wir theoretisch noch weiter hätten kämpfen können bis morgen früh, aber auch wir entscheiden uns, das Ganze in einem Unentschieden enden zu lassen, auch weil es tatsächlich zwischen Zaida und Penelope sehr geringe Unterschiede gibt. Und auch, weil wir durch den Auftritt des Pärchens gemerkt haben, dass auch wir uns so langsam für den Abend fertig machen müssen. Max klatscht in Richtung der weggehenden Kellner und ruft: »Great job, guys!«, und der Amerikaner im Hotel klatscht auch ein bisschen und sagt: »Yeah, that's the spirit.«

VII.

Wir gehen ins Zimmer zurück. Auf dem Flur hinterlassen wir eine kleine Wasserspur, aber der Teppich ist so dick, dass er alles aufsaugt.

Ich lege mich wieder aufs Bett. Penelopes Rucksack liegt auf einem Stuhl neben dem Fernseher. Sie kramt vornübergebeugt darin, und durch das dünne Handtuch, das sie unten am Pool umgebunden hat, scheint ihr grüner Bikini. Leise murmelt sie etwas auf Spanisch. Ich denke wieder, dass ich in einem Film jetzt einfach hingehen und sanft, aber bestimmt das Handtuch lösen würde. Sie löst das Handtuch dann selbst, geht die wenigen Schritte zum Bad und beginnt, schon bevor sie im Bad ist, schnell und geübt ihren Bikini zu öffnen. Eine Millisekunde bevor sie im Bad verschwindet, sehe ich von der Seite ihre Brust.

Ich mache den Fernseher an. CNN, BBC, Französisch, Spanisch, Deutsche Welle, Russia Today. Ich frage mich, ob vielleicht ein Großteil der Marokkaner gebrauchte Fernseher aus Hotels kauft. Marokko hat viel Tourismus, und die Hotels müssen ja alle paar Jahre den neuesten Fernseher auf die Zimmer stellen. Und Fernseher zu importieren ist sicher teuer. Dann schauen die einfach mit dieser Vorprogrammierung Fernsehen, für die restlichen 20 oder 30 Lebensjahre so eines Hotelfernsehers. Da hätte ich dann für den Terrorismus ein Stück weit mehr Verständnis, denn wenn ich mir vorstelle, in unserem Fernseher zu Hause wären die ersten fünf Sendeplätze alle türkisches Fernsehen, würde ich auch denken, dass man Maßnahmen ergreifen muss.

Ich mache ihn wieder aus. Informationsfernsehen ist mir gerade zu anstrengend und die marokkanischen Sender sind wirklich sehr langweilig. Und ich möchte außerdem die Geräusche hören, die Penelope im Bad macht. Und ich muss mir noch überlegen, was ich heute Abend anziehe.

Die Auswahl ist nicht groß, aber ich kann mich immerhin entscheiden zwischen dem heute tagsüber getragenen grauen T-Shirt und einem hellblauen Brooks-Brothers-Hemd, zwischen der tagsüber getragenen weißen Jeans und einer kurzen dunkelblauen Hose mit Bundfalten und zwischen den tagsüber getragenen dunkelblauen Espadrilles und einem Paar Alden Slipper aus dunkelrotem Pferdeleder, die mir mein Vater auf der Reise nach New York zum Abi geschenkt hat. Das Brooks-Brothers-Hemd geht nur mit der langen Hose, sonst seh ich aus wie ein Texaner. Die kurze Hose geht nicht mit den Aldens, das ist dann für Marokko doch ein bisschen zu schwul. Also die lange weiße Jeans. Dazu die Slipper und das graue T-Shirt. Mit dem Hemd sieht es dann zu förmlich aus, so als wollte ich um Penelopes Hand anhalten. Slipper, Jeans, T-Shirt. Sehr gut.

Penelope zieht eine hellblaue karottige Jeans an, die vielleicht mal einem Mann gehört hat, dazu zunächst ihr weißes Feinrippunterhemd, was sehr geil aussieht, aber wahrscheinlich für hier zu viel Schulter zeigt, und also dann ein dunkelgraues Top mit kurzen Ärmeln und beige Birkenstock-Sandalen.

Max hat eine beige enge Hose an und Chucks. Er trägt jetzt immer Chucks. Dabei hat er die früher nie getragen, da hatte er meistens schickere Schuhe an, hat mir auch mehrmals erzählt, diese Chucks fände er furchtbar, aber irgendwann hat sich das geändert, von einem auf den anderen Tag mehr oder weniger, vielleicht nach dem Berlintrip mit Marc und Tilman, und seitdem zieht er die Chucks eigentlich überhaupt nicht mehr aus. Und es steht ihm auch gar nicht mal so schlecht, aber typisch für ihn und ein Stück weit fast aufdringlich ist eben wieder, wie in vielen Dingen, diese Absolutheit. Er hat nicht ein Paar alte Chucks rumstehen, die er einmal die Woche anzieht, wenn ihm danach ist, sondern er trägt von morgens bis abends und sieben Tage die Woche jetzt Chucks, und so auch heute Abend.

Zaida sieht sehr dominant, fast monströs aus. Sie trägt eine weiße, relativ weit zugeknöpfte Bluse mit einer perlmuttfarbenen Perlenkette über der Bluse. Das erlaubt keinen Blick auf ihr Dekolleté, unterstreicht aber gerade dadurch, dass sie wirklich richtig dicke Dinger hat.

Man muss, um vom Hotel zur Strandpromenade zu kommen, die das Zentrum des uns im Verlauf des Nachmittags begegneten Lebens zu sein schien, ein paar Schritte am Rande der Altstadt entlanggehen. Dann kommt man zu einer Ansammlung von mehreren Verkehrskreuzungen, die relativ wahllos zwischen Altstadt und Hafen liegen, und dann beginnt die Strandpromenade, mit der großen Avenue Mohammed VI. dahinter. In Ländern mit König ist die Suche nach einem Namensgeber für eine große Straße oder auch einen Flughafen wahrscheinlich eine relativ unkomplizierte Angelegenheit.

Wir laufen über die Kreuzungen und kommen auf die Strandpromenade. Die Stimmung ist heiter. Eben auf dem Weg hierher ging ich neben Penelope und Max neben Zaida, weil die Ecke mit den Kreuzungen ein bisschen unangenehm ist, man weiß nicht so richtig warum, aber fies eben. Aber jetzt auf der Strandpromenade sind sehr viele Leute, die alle sehr freundlich aussehen, viele Familien mit Kindern, Mütter und Väter, die spazieren gehen im Licht der Scheinwerfer und der Läden an der Straße, die parallel zur Strandpromenade verläuft. Penelope unterhält sich mit Zaida, ich mich mit Max.

Max war schon mal in einem islamischen Land, im Libanon, mit seiner Politikstudentin aus Berlin, und auch in Ägypten. Ich nicke zu Max' Erzählungen über diese Reisen, die ich schon kenne, höre aber nicht wirklich zu. Ich frage mich, ob wir vielleicht Sex zu dritt haben könnten heute Abend. Penelope, Zaida und ich. Die beiden ergänzen sich, Penelope ist schlank und schön, Zaida ist kräftig und lebensfroh. Max redet jetzt von Kopftüchern. Ich höre ihm weiterhin nicht zu, merke aber, dass zu dritt wohl kaum geht, wenn, dann zu viert. Wäre das schlimm, wenn Max mitmachen würde? Ich schaue ihn von der Seite an, während er weitererzählt. Inzwischen ist er ins Englische gewechselt, wahrscheinlich damit auch Zaida und Penelope die Geschichte mithören. Wäre wahrscheinlich nicht so schlimm, wir könnten uns ja auch abwechseln. Natürlich wäre es komisch, Max' steifen Schwanz zu sehen, aber andererseits habe ich auch schon wer weiß wie viele Pornos in meinem Leben geguckt und bin davon auch nicht schwul geworden. Schwieriger wird wahrscheinlich, die beiden Mädels davon zu überzeugen. Da muss schon wirklich eine krass ausgelassene Stimmung dann sein nachher. Die kriegt man nicht mit Wein-Sprite-Minze-Cocktails und Pfirsichbier hin. Aber ich bin in dieser Ferienlaune, zwei der drei Beteiligten werde ich höchstwahrscheinlich nie wiedersehen, außer vielleicht Penelope, und das ist natürlich auch ein Problem, ich will ja vor Penelope nicht wie ein kranker Spinner dastehen, der, bevor man sich einmal geküsst hat, gleich irgendwelche Pornophantasien ausleben will.

Wir gehen in ein Fischrestaurant. Ich halte uns die Tür auf, und als Penelope hindurchgeht, als Letzte, schaut sie mich lange und intensiv an. Nicht frech, nicht zwinkernd, sondern einfach nur lang und intensiv, wie jemand, der nachdenkt und abwägt.

Das Restaurant ist modern und teuer eingerichtet. Natürlich ist es nach europäischen Maßstäben kein Edelrestaurant, aber für hier ist es sehr chic, und zumindest die Marokkaner, die da sind, manche eher traditionell, die Frauen im Kopftuch, zwei oder drei Tische auch fast übertrieben westlich angezogen, versprühen die Aura von Leuten, die sich etwas Besonderes leisten. Der Oberkellner setzt uns in die Mitte des Raumes. Er sagt alles, was er zu uns sagt, erst auf Englisch und dann auf Französisch und trägt ein weißes Kellnerkostüm mit Schürze und Fliege, das nicht so richtig zu der sehr modernen Einrichtung passen will.

Penelope sitzt mir an dem Vierertisch schräg gegenüber. Links neben mir sitzt Max und neben Penelope Zaida. Das ist gut, denn so muss ich mich nicht mit Penelope unterhalten, kann es aber tun, wenn ich will. Und ich kann mich zu Max rüberbeugen und leise etwas zu ihm sagen, und auch wenn ich ihm nur etwas Belangloses ins Ohr flüstere, wird sie sich denken, dass es um sie geht, und sich fragen: »Was sagt er jetzt da?« Außerdem kann ich mich zu Zaida vorlehnen und ihr Komplimente machen, wo sie sich dann geschmeichelt fühlt und Penelope denkt: »Wieso beugt er sich jetzt zu ihr rüber und macht ihr Komplimente?« Und ich kann die Dinge, die ich zu Penelope sage, so sagen, dass Max und Zaida sie hören, so dass es immer gleich eine gewisse Relevanz hat, wenn ich mit Penelope spreche. Und schließlich kann ich mich, wenn Max irgendwann mal aufsteht später, lässig und entspannt zu ihr setzen und dadurch den Grad an Intimität zwischen uns steigern.

Wir sprechen über Tanger als Kunst- und Literaturstadt. Das war ja mein Thema auch, als wir heute Morgen telefoniert haben. Bei Filmen kann ich zum Glück immer ganz gut mitreden. »Naked Lunch« spielt hier, und das führt uns zum Thema ›Filme, die schlechte Träume machen‹.

»The one film that gave me really bad dreams was the Matrix«, sagt Penelope. Ich sage, dass das wahrscheinlich daran liegt, dass uns das Thema künstliche Intelligenz heute viel näher ist als damals, als Matrix rauskam.

Ich habe das Gefühl, dass Penelope es genießt, wenn ich etwas sage. Sie schaut mich an und wartet, bis ich fertig bin. Max sagt, er halte künstliche Intelligenz für keine Bedrohung. Natürlich könnten Computer viel schneller rechnen als wir, aber der Unterschied sei doch, dass wir uns eben selbst ausdenken könnten, was wir berechnen, oder auch, allgemeiner, selbstständig komplett neue Ideen haben können, und ein Computer eben nicht. Und deswegen wird sich auch ein Computer nicht plötzlich ausdenken, dass er sich ja auch gegen die Menschen, die ihn stören, richten könnte. Penelope schaut auch ihn beeindruckt an, und das stört mich.

Ich widerspreche Max. Ich glaube nicht, dass man so klar sagen kann: »Wir sind kreativ und Maschinen nicht.« So richtig kreativ im Sinne von ›komplett neue Dinge ausdenken‹ ist nämlich, glaube ich, keiner. Es ist alles immer nur ein Neu-Zusammensetzen und Neu-Anschauen oder Maximal-neu-Entdecken, denn alle Konzepte, alle Formen sind ja schon da. Auch das Töten denkt sich nicht einer aus, es ist schon da.

Penelope ist, glaube ich, echt beeindruckt. Sie lehnt sich vor und ist jetzt ganz bei der Sache. »I thought about this a lot, and I think it has something to do with death also«, sagt sie. »Wir wissen, dass wir sterben müssen, deshalb kriegen wir Kinder, und deshalb konkurrieren wir darum, wer diese Kinder kriegen darf, also zumindest die männliche Seite tut das.« Und auch, wenn das absurd klinge: Durch das Töten versuche der Mensch also ultimativ, den Tod zu besiegen, zumindest seinen eigenen, weil er ihn fürchtet, und diese Furcht sei der Unterschied zur Maschine, und deshalb gehe es bei künstlicher Intelligenz nicht darum, ob Maschinen irgendwann intelligenter werden als wir, was sie wahrscheinlich längst seien, sondern darum, ob sie das Konzept ›Tod‹ verstehen. Aber um das zu verstehen, müsste ein Mensch hingehen und das Konzept Tod in Programmiersprache übersetzen. Und dafür müsste dieser Mensch es erst einmal selbst verstanden haben, und das sei, so sagt sie, etwas, was der Mensch nicht könne.

Vier Kellner bringen vier Teller, und es gibt tatsächlich noch diesen alten Brauch hier, den ich nur aus Loriot-Videos kenne, dass so eine silberne Haube auf dem Teller ist, die dann synchron von vier Kellnern hochgehoben wird. Ich habe schon leicht einen sitzen und sage deshalb »Oooh«, als die Haube hochgehoben wird, aber die anderen, glaube ich, auch, und deshalb sagen sie auch »Oooh«, und die Kellner lachen.

Penelope ist jetzt richtig gut drauf. Sie gestikuliert, widerspricht, streitet sich, verschluckt sich und lacht. Zwischendurch kommt von einem konservativen Marokkanertisch ein vielleicht acht- oder neunjähriges Mädchen mit ihrem kleinen Bruder und fragt sie, ob sie ein Foto mit uns machen dürfen. Penelope sagt »Yes, sure«, und die beiden Kinder stellen sich an der kurzen Seite des Tisches auf und Penelope nimmt das Handy in die Hand, eines dieser bunten iPhones, weil sie einen längeren Arm hat als die Kinder, und legt ihren linken Arm um die Schultern des Mädchens und ihres Bruders und steckt ihren Kopf mit ihr zusammen. Max, Zaida und ich feixen im Hintergrund des Bildes. Das Mädchen ist sichtlich stolz auf die Situation und nimmt von Penelope mit großer Ehrfurcht das Handy wieder entgegen. Penelope fährt ihr einmal kurz durch die Haare und lächelt. Das Mädchen sagt ganz langsam »Thank you«. Wenig später tanzen die beiden zu der Musik eines etwas gammelig aussehenden Klavierspielers, der aber immerhin einen Frack trägt. Das Mädchen schaut dabei zu Penelope und fährt sich immer wieder durch die Haare. Wir beschließen, dass auch wir noch irgendwo tanzen wollen.

Zaida und ich bestellen noch Nachtisch. Irgendwie erinnere ich mich daran, dass Penelope gestern auf dem Parkplatz meinte, dass sie meine Zahnlücke mag. Ich ziehe die Oberlippe hoch und spiele ein bisschen mit der Zunge in der Zahnlücke. Sie springt tatsächlich darauf an und fragt mich, was mit meinen Zähnen eigentlich passiert ist. »A fight«, sage ich. »A fight? You? You're the last person I can imagine having a fight«, sagt sie. »I lost«, sage ich und schaue auf meinen Nachtisch, und sie lacht. Dafür, dass es bereits kurz vor elf ist, als wir das Restaurant verlassen, ist immer noch sehr viel los. Alle essen wahnsinnig viele Süßigkeiten, Zuckerwatte, Eis, Popcorn, süße Mandeln, und auch wir gehen in eine der vielen Eisdielen, weil Penelope, die eben keinen Nachtisch wollte, jetzt ein Eis möchte. Sie gibt mir einen Löffel von einem undefinierbaren roten Zuckereis ab, und ich überlege, ob ich ihr zum Dank einen unangekündigten Kuss auf den Mund gebe, habe aber dann doch nicht den Mut.

Wir laufen weiter zu viert die Strandpromenade entlang. Ein kleiner Trupp Müllmänner fegt Müll zusammen, den Spaziergänger im Laufe des Tages haben fallen lassen. Zaida schlägt vor, in einen Laden zu gehen, der wohl auch abends aufhaben soll und wieder ein bisschen zurück in Richtung des Hotels liegt. Heute Nachmittag sind mir da einige Läden aufgefallen, aber jetzt eben auf dem Weg zum Restaurant nicht. Aber es kann natürlich auch sein, dass die, genau wie die Leute an der Poolbar im Hotel eben, als wir vorbeigingen, gerade keine Tagesgäste mehr hatten, aber eben auch noch keine Nachtgäste, Halbzeit sozusagen.

Auf einmal gibt es einen Knall. Ich erschrecke mich. Ich war schon immer schreckhaft. Dann nimmt Penelope meinen Arm und ich drücke meinen Rücken durch. Zaida fragt: »What was that?« Vielleicht ein Reifen? Die Leute um uns herum sind kurz ruhig geworden, aber jetzt wieder gelassen. »Or a shot?« »Nein«, sagt Max, »die sind lauter.« Mir fällt auf, dass ich noch nie einen Schuss gehört habe. Ich will das jetzt nicht thematisieren, weil Penelope meinen Arm gegriffen hat, aber ich habe wirklich noch nie einen Schuss gehört. Wir gehen schneller. Also, natürlich habe ich schon tausende von Schüssen gehört, aber ausschließlich und alle im Fernsehen. Penelope schaut von meinem Arm rüber zu Max und fragt: »Are you sure?« Aber die Marokkaner werden schon mal einen Schuss gehört haben. Max sagt: »Schüsse in echt sind lauter, es kracht richtig.« Wenn aber Max genau wie wir auch nicht weiß, wo das herkam, dann kann er streng genommen natürlich auch nicht sagen, ob es für einen Schuss zu leise war, er kann nur sagen, ob es für einen nahen Schuss zu leise war. Und Max wird das ja allenfalls wissen, weil er mal bei einer Jagd war. Wo soll man sonst in Deutschland einen Schuss hören? Und das wiederum sind ja großkalibrige Gewehre, die sind sicher lauter als so eine kleine Pistole. Aber die Marokkaner sind ruhig geblieben, denke ich. Vor allem aber wäre es ja kein Terroranschlag mit einem Schuss, da muss man ja schon mehrmals schießen, ein Schuss ist eine gezielte Tötung. Den Rest des Weges gehen wir zügig und reden wenig.

Der Laden ist tatsächlich tagsüber ein Strandclub mit einer Holzterrasse und vielen Palmen in Blumenkübeln mit Rädern drunter, die das Personal hin- und herfahren kann. Von der Strandpromenade aus muss man über einen kleinen Holzsteg gehen, an dessen Eingang unter einem Pavillonzelt eine Sicherheitsschleuse aufgebaut ist, die von zwei mittelalten Männern in dunklen Anzügen bedient und von zwei mit schusssicheren Westen und Maschinenpistolen ausgestatteten, vielleicht Fünfundzwanzig- oder Dreißigjährigen bewacht wird. Alle vier sind sehr ernst. Ich bin schon ein wenig angetrunken und fühle außerdem jetzt in der Gegenwart der Maschinenpistolen ein Gefühl der Erleichterung. Ich zittere ein wenig. Einer der Anzugmänner schaut etwas skeptisch auf Penelopes Birkenstocks, aber nach einem prüfenden Blick in ihr Gesicht stellt er fest, dass sie wohl auch in Birkenstocks den Attraktivitätsanforderungen des Clubs entspricht. Und wahrscheinlich sagt ihm lange Türsteher-erfahrung auch, dass er, wenn, dann uns alle vier wegschicken müsste und dass das nicht in seinem Sinne sein kann.

In den Club kommt man, indem man links am Gebäude vorbei zum Eingang geht und dann durch einen ersten

Bereich, in dem man zu Abend essen kann, was offensichtlich auch einige Leute heute gemacht haben, denn die Tische sind zwar zum größten Teil leer, aber keiner ist abgedeckt. Weiter hinten kommt man zu einer großen Tanzfläche, an deren strandabgewandter Seite eine Bühne für Bands ist, die aber heute leer ist. Daneben steht an einem kleinen Pult der DJ. Es sind vielleicht 150 Leute in dem Laden. Die Stimmung ist gut, aber nicht ausgelassen. Der DJ spielt Klassiker der europäischen und amerikanischen Partymusik und hin und wieder zwischendurch etwas Arabisches. Penelope und ich gehen etwas hinter Max und Zaida durch die leeren Tischreihen in Richtung Tanzfläche.

Zaida holt vier Heineken. In dem Club ist eine relativ bunte Mischung von Leuten. Einige westlich aussehende Männer sitzen alleine oder in kleinen Gruppen an Stehtischen und wirken unbeteiligt. An der sehr langen Bar sitzen vielleicht zehn oder fünfzehn Mädels, die sich untereinander kaum unterhalten. Sie sind alle sehr aufreizend angezogen. Ich frage mich, ob das Nutten sind, kann es mir aber kaum vorstellen, denn es passt nicht zu meinem Bild von islamischen Ländern. Ebenfalls am Rand sind ein paar größere Jungsgruppen mit sehr viel Champagner und Wodka, die um klassische Clubtische herumstehen. Und schließlich gibt es über den Laden verteilt größere und kleinere Gruppen von Jungs, die billiger gekleidet und auch ansonsten nicht so überdreht sind wie die Jungs an den Tischen und die auf der Tanzfläche stehen oder auch an den Ecken der Bar, an denen keine Mädels stehen. An den Wänden sind einige ziemlich große Flachbildschirme, auf denen, ohne dass es zur Musik passen würde, traditioneller Bauchtanz gezeigt wird.

Wir stehen in etwa zwei Metern Entfernung von der Bar am Rand der Tanzfläche und unterhalten uns. Max tanzt ein bisschen um Zaida herum. Ich streichle leicht Penelopes Rücken.

Max beginnt, sich mit einem Marokkaner um die dreißig zu unterhalten. Er ist ziemlich dick und trägt Nike AirMax. Als Max erwähnt, dass wir die Mädels aus dem Nubia kennen, lacht er, winkt einem Kellner und bestellt eine Flasche Champagner.

Nach einigen Partyklassikern legt der DJ ein sehr traditionelles Lied mit klassischem arabischen Gesang und einer unmissverständlich arabischen Instrumentalbegleitung auf. Das Licht ändert sich. Neben der Bühne öffnet sich eine kleine Tür, und heraus tritt eine nicht allzu große, dunkelhaarige Frau in einem langen, fast bis zum Boden gehenden Rock in gold- und silberfarben verziertem, mehr oder weniger durchsichtigem seidenartigen Stoff, einem dazu passenden, ihren Busen bedeckenden Oberteil und riesigen Ohrringen. Vorgestellt oder angekündigt wird sie nicht, die Anwesenden scheinen zu wissen, was jetzt kommt. Aber auf den Flachbildschirmen wird nun nicht mehr getanzt, sondern es steht dort auf Arabisch und Latein »Cleopatra«. »That's not a very creative name«, sage ich zu Penelope. Sie lächelt mich an. Cleopatra geht schnellen Schrittes in die Mitte des Raumes, komischerweise nicht auf die Bühne, und beginnt dort mit ernstem Gesicht ihren Tanz, der in sehr schnellen und abgehackten Bewegungen ihrer Hüfte besteht. Es erinnert an einen Zitteraal. Ein bisschen sieht es so aus, als ob ihr Körper jede Sekunde durch kleine Stromstöße in eine völlig neue Position gedrückt würde, ohne dass sie auf die Übergänge tatsächlich Einfluss hätte. Oder sie genießen würde. Anziehend finde ich das nicht unbedingt. Ich muss an Videos von Beyonce oder Shakira denken, die ja auch viel mit ihrem Po arbeiten auf der Bühne. Und wo man wahrscheinlich sagen würde, dass kulturtechnisch zu diesem Tanz hier eine gewisse Verwandtschaft besteht. Aber von Beyonce oder Shakira fühle ich mich angesprochen. Und das liegt nicht nur an der moderneren Gesamtaufmachung der Performance, sondern auch ganz einfach an den Bewegungen selbst.

Die zuschauenden Männer sind auf eine ganz komische Art und Weise teilnahmslos. Die arabisch aussehenden bilden einen Kreis, und auch die Europäer sind aufgestanden und schauen taxierend auf Cleopatra, niemand steht zum Beispiel einfach weiter an der Bar und unterhält sich. Gleichzeitig aber gibt es jetzt auch nicht so etwas wie rhythmisches Klatschen oder Anfeuerungsrufe oder Pfiffe, sondern man steht einfach drum herum und schaut zu, ohne erkennbare Reaktion. Die meisten Augen folgen ihr aufmerksam und auch ein bisschen geil, habe ich das Gefühl, aber es passiert nichts. Niemand klatscht oder schreit Bravo. Irgendwann ist Cleopatra fertig, lässt sich zum Finale der Musik flach auf den Boden fallen, das haben die Bauchtänzerinnen in den Videos eben auch immer gemacht am Ende, es gibt dünnen Applaus, alle drehen sich weg und Cleopatra verschwindet wieder hinter der Bühne.

Es kommt noch eine zweite Bauchtänzerin, aber offensichtlich ist ihr Name unbekannt, auf den Bildschirmen steht nur »Dancer«.

Als sie fertig ist, traue ich mich, bitte den Marokkaner mit den AirMax um zwei Zigaretten, drehe mich zu Penelope und frage sie, so gut ich kann, ob sie mit rauskommt, eine rauchen. Sie lächelt und kommt mit. Der Club hat so eine Art Pool, oder eher ein Planschbecken, auf der Terrasse, aber das scheint nur tagsüber benutzt zu werden. Wir gehen an den Rand der Terrasse, ziehen unsere Schuhe aus und gehen weiter im Sand Richtung Meer.

»Do you like the place?«, frage ich sie. Ich merke, dass ich es angenehm finde, Englisch mit ihr zu sprechen. Zwar ist es mit ihr auch eine Notwendigkeit, weil sie kein Deutsch kann, aber das ist es nicht allein. Die Worte und ihre Bedeutung verschwimmen so schön in dieser Sprache. In der Muttersprache ist jedes Wort bis in den letzten Winkel ausgeleuchtet, es gibt keine andere Bedeutung als die naheliegende. Aber auf Englisch oder auch in einer Fremdsprache allgemein bleibt dieser Rest von Unbestimmtheit. »I love you« zu sagen ist nicht so schwer wie »Ich liebe dich«.

Wir setzen uns auf ein Sportgerät, eine Art niedriges Gerüst, an dem man Übungen machen kann, legen uns rücklings auf den rostigen Stahl und schauen in den Himmel. Ich sage, dass ich beeindruckt bin, wie hell die Sterne sind, und dass ich die alten Griechen verstehen kann, weil die ja dachten, dass ihre Götter jeden Abend für sie das Licht anmachen. »That's true«, sagt Penelope. »Do you think there's somebody out there?« Ich sage Nein, und selbst wenn, wahrscheinlich könnten wir nicht mit ihnen reden. »When I was a kid, I read this story about a mission to Mars, and how it would take years«, sagt sie. Und dass sie immer dachte, die würden sicher niemanden finden, der diese Mission mitmacht, denn wer würde schon gern für Jahre von seiner Familie getrennt sein? »And then I thought that I would volunteer for it and go out there and see if there is life on Mars.« Ich bin beeindruckt. Und ich höre ihr gern zu. Ich will sagen, dass ich das, gerade für eine Frau, für einen sehr ungewöhnlichen Traum halte, besinne mich aber im letzten Moment, weil ich denke, dass insbesondere solche Frauen es einem häufig übel nehmen, wenn man ihr Denken oder ihr Handeln als typisch weiblich beziehungsweise untypisch weiblich qualifiziert, und sage deshalb nur »Wow«.

Einige Augenblicke lang liegen wir einfach so da. Dann lege ich meine Hand auf ihre und greife ein wenig zu und sage: »I'm happy you stayed.« Sie dreht ihren Kopf zur Seite, ohne den Rest ihres Körpers zu bewegen, und sagt: »Me, too.« Ich streiche mit meiner linken Hand leicht über ihre rechte Gesichtshälfte und dann küssen wir uns ganz leicht. Es ist mehr die Andeutung eines Kusses, wir wollen beide irgendwie noch nicht völlig enthemmt losknutschen. Aber es passt in die Situation. Ich schaue danach ein wenig demonstrativ in den Himmel und sage: »I like brave women. There are not many female astronauts.« Sie sagt Danke und fährt mir einmal kurz durch die Haare, bevor wir uns beide wieder aufsetzen.

Als wir zurückkommen, hat Max noch eine Flasche Champagner bestellt. Ich glaube, er hat auch was gehabt mit Zaida. Wir trinken die Flasche relativ schnell aus, ich tanze intensiv mit Penelope, aber küssen können wir uns hier nicht, das macht keiner und es wäre komisch vor diesen ganzen Männern im Raum. Zaida sitzt an der Bar und lehnt halb auf Max' Schoß. Wenig später machen wir uns auf den Weg.

Im Hotel sitzt ein ganz junger Portier mit einer Dose Red Bull verloren hinter der großen Rezeption und schaut Youtube-Videos. Wir bekommen die Schlüssel für unsere Zimmer. Wie ferngesteuert gehen wir allerdings nicht gleich hier im Erdgeschoss zum Aufzug, sondern die kleine Treppe hoch in die Mittelebene zwischen Erdgeschoss und erstem Stock, auf der hinter einer Glastür der öffentliche Bereich des Hotels mit Bar, Restaurant und Pool beginnt. Es ist noch Licht am anderen Ende des Raumes, wo eine Frau mit Kopftuch einer anderen dabei hilft, Stühle ineinanderzustellen, aber ansonsten ist alles leer. Wir gehen durch die zweite verglaste Tür hinaus ins Freie auf die Terrasse – und vor uns liegt der Pool.

Als Tribut an Marokko lassen wir unsere Unterwäsche an, was mich und Max dazu zwingt, in unseren etwas unförmigen Boxershorts ins Wasser zu springen. Aber wenn die beiden alten Putzfrauen gleich rauskommen, müssen sie uns ja nicht unbedingt gleich komplett nackt erwischen. Ich schwimme zu Penelope, die vor mir ins Wasser gestiegen ist, und küsse sie kurz, steige dann aber noch einmal aus dem Wasser, um zu gucken, ob hinter der Poolbar noch etwas zu trinken ist. Im Kühlschrank finde ich leider nur zwei angebrochene Flaschen spanischen Weißwein, aber das ist besser als nichts. Zurück im Pool, gebe ich die etwas weniger volle Max und Zaida, die sich jetzt auch küssen, und behalte für Penelope und mich die vollere. Wir küssen uns, Penelope greift fast ein bisschen zu motiviert und kräftig in meine Boxershorts, und auch Max und Zaida scheinen Spaß zu haben. Aber irgendwie ist die Stimmung gehemmt. Das liegt natürlich daran, dass über uns fünf Stockwerke mit jetzt zwar größtenteils durch Läden verschlossenen Fenstern sind, hinter denen sich wahrscheinlich unruhig schlafende fünfzigjährige europäische Paare gerade im Bett herumdrehen, was uns klar ist und uns daran hindert, hier so richtig ausgelassen durch den Pool zu planschen.

Und natürlich kann es auch sein, dass der Nachtportier wütend seine Red-Bull-Dose in der Hand zerdrückt, sein Youtube-Video auf Pause stellen muss und rauskommt und uns hier am Pool so richtig zusammenscheißt.

Aber noch viel mehr als das alles stört uns irgendwie die Leere. Und vor allem vermissen wir unsere tanzenden Kellner von vorhin. Ich glaube, wir sind alle nur hier rausgekommen, weil es vorhin so cool war am Pool und wir dieses Erlebnis wiederholen wollen. Und wie das meistens so ist, wenn man eine Erfahrung wiederholen will, klappt es nicht. Der Pool wirkt leer und kalt und irgendwie eben ohne die Liegen und das Drumherum einsam. Und so trinken wir unsere Weißweinflaschen aus, stellen die leeren Flaschen noch hinter die Theke und machen uns nach vielleicht zehn Minuten mit unseren Klamotten unterm Arm auf in unsere Zimmer.

Ich überlege im Fahrstuhl noch kurz, ob wir zu viert in ein Zimmer gehen sollen und ob ich jetzt etwas sagen muss, damit das passiert. Aber dann merke ich: Ich muss mich jetzt erstmal auf Penelope allein einlassen, alles andere hieße den zweiten Schritt vor dem ersten machen. Und in dem Moment steigen Zaida und Max auch aus und ich denke, dass es vielleicht auch gut ist so.

Im Zimmer sprechen wir nicht. Wir küssen uns. Wir schieben unsere beiden Betten so eng, wie es geht, nebeneinander, und dann lege ich sie mit dem Rücken auf ihr Bett. Ich öffne ihren BH. Ich kriege einen durch die nassen Boxershorts gut sichtbaren Ständer. Weil mir immer noch ein wenig kalt ist, schließe ich das vorher gekippte Fenster ganz, und augenblicklich ist es bis auf die Geräusche des alten Holzbaus ganz still im Zimmer. Wir machen auf meiner Seite des Bettes weiter, weil ihre Seite von unseren Körpern nass ist. Das Holz des Bettgestells knirscht laut. Musik wäre gut, denke ich für einen Moment. Ich bin über ihr und küsse sie auf Stirn, Nase und Mund, streiche ihr durch die Haare, küsse ihre Ohren und ihren Hals, ich küsse ihre Brüste und ihre durch das kalte Poolwasser wunderbar steifen Nippel. Sie atmet gleichmäßig und tief und stöhnt dabei und wird lauter. Sie dreht mich auf den Rücken, nimmt meinen Schwanz in den Mund, und sie kann es wirklich gut, aber auch für mich ist es anders als mit Jana, mit Jana war so etwas Konventionelles dabei immer, ich war nie komplett frei, weil es immer Sex im Gesamtgefüge der Beziehung war, aber hier jetzt bin ich total losgelöst und ich merke, wie mich das auch ein bisschen berauscht.

Ich nehme ihren Kopf in meine Hände und drücke ihn erst leicht und dann fester auf mich drauf, noch nicht so fest, dass es unangenehm ist für sie, aber schon so, dass sie es merkt. Nach einer gewissen Zeit drehe ich mich um und drehe sie wieder auf den Rücken. Ich rutsche auf meinen Knien nach vorne, so dass ich jetzt direkt über ihrem Gesicht bin. Ich habe das auch noch nie gemacht, nur in Pornos gesehen. Und hundert Prozent fair gegenüber Penelope ist es auch nicht, weil es schon ein bisschen erniedrigend ist. Aber ich fühle so einen starken Drang, mit ihr Dinge auszuprobieren, die ich mit Jana nie gemacht habe. Ich merke, dass sie das nicht vorhergesehen hat. Sie nimmt meinen Schwanz trotzdem in den Mund, aber nach ein oder zwei Stößen schaut sie hoch und ihre Augen sind weit offen und ich merke, dass sie das nur tut, weil ich es gerade gut finde, und ich will augenblicklich meinen Schwanz aus ihrem Mund herausziehen und sie küssen und sie so gut ficken, wie ich es irgendwie kann, und diese Pornoposition ist plötzlich total unpassend. Aber ich will auch noch für einen kurzen Moment so bleiben. Denn so ein bisschen geil ist es natürlich auch, Pornostar Freddy Haubrich. Und ich bewege mich noch für ein paar Sekunden weiter kurz und heftig in ihrem Mund und will ihn gerade herausziehen, als sie sich plötzlich wegdreht und Tränen in den Augen hat und mit der flachen Hand auf meinen Bauch schlägt und »No, no, no, no, no« ruft.

Ich springe auf und mir wird klar, dass das jetzt vielleicht doch eine Nummer zu viel Pornosex war. Und ich versuche sie zu beruhigen, aber sie rennt ins Bad und ich höre, wie sie die Kloschüssel hochschlägt.

Ich weiß nicht, wie ich reagieren soll. Ich laufe zwischen unseren beiden Betten und der Wand hin und her.

Schließlich gehe ich in Richtung Bad. Aber als sie mich kommen hört, schließt sie die Tür ab und sagt: »Leave me.«

Sie kommt wieder aus dem Bad und zieht ihr Bett in Richtung Wand und damit von meinem weg. Ich will ihr helfen, auch weil ich nicht weiß, was ich sonst machen soll, aber sie ist schon fertig und das Bett steht an der Wand.

Nachdem nun ungefähr ein Meter zwischen unseren Betten ist, zieht sie mein T-Shirt über, das auf dem Boden liegt, aber ich weiß nicht, ob sie realisiert, dass es meins ist. Sie hat es einfach genommen. Dann legt sie sich ins Bett und zieht sich die Decke unters Kinn und dreht sich weg von mir, hin zur Wand. Ich setze mich auf die Kante meines Bettes und greife nach ihrer Decke, ziehe dann aber meine Hand wieder zurück und sage: »I'm sorry.« »It has nothing to do with you«, sagt sie. »Turn the lights off when you're ready, please.«

Ich mache das Licht aus und dann aber nochmal wieder an. Mich jetzt hier in dieses 90-Zentimeter-Bett legen und so tun, als wäre nichts gewesen, kann ich nicht. Ich ziehe meine weiße Jeans an und öffne leise die Tür zum Flur. Ich denke noch, dass ich ihr sagen sollte, wo ich hingehe, und sage: »I'll be back in a few minutes, don't worry.« Sie hört mich nicht oder ist vielleicht schon eingeschlafen.

Ich gehe zu Fuß ins Erdgeschoss und bitte den Nachtportier um eine Zigarette. Er gibt sie mir anstandslos, ohne meinen nackten Oberkörper eines Blickes zu würdigen. Ich setze mich mit der Zigarette auf ein kleines Mäuerchen, von dem aus man den Hafen überblicken kann. Ich schaue aufs Meer und auf die Schiffe im Hafen und auf die vereinzelten Männchen auf den Kaianlagen und denke, dass ich Penelope in Barcelona besuchen möchte.